ANNA CAREY

DEADFALL

TRADUÇÃO Flávia Souto Maior

V&R EDITORAS

Edição: Flavia Lago
Editora-assistente: Raquel Nakasone
Preparação: Fabiane Zorn
Revisão: Ana Luiza Candido e Marcia Alves
Diagramação: Juliana Pellegrini
Arte de capa: semper smile, Munique
Créditos das imagens de capa: © Shutterstock / i3alda, Globe Turner, Ralf Juergen Kraft

Título original: *Deadfall*

vreditoras.com.br

Rua Cel. Lisboa, 989 | Vila Mariana
CEP 04020-041 | São Paulo | SP
Tel. | Fax: (+55 11) 4612-2866
editoras@vreditoras.com.br

ISBN 978-85-7683-890-6

1ª edição, 2015

Impressão e acabamento: Geográfica
Impresso no Brasil • Printed in Brazil

Dados Internacionais de Catalogação na Publicação (CIP)
(Câmara Brasileira do Livro, SP, Brasil)

Carey, Anna
Deadfall: a caçada / Anna Carey; tradução Flávia Souto Maior. --São Paulo : Vergara & Riba Editoras, 2015. -- (Série Blackbird)

Título original: Deadfall
ISBN 978-85-7683-890-6

1. Ficção – Literatura juvenil I. Título. II. Série.

15-05645 CDD-028.5

Índices para catálogo sistemático:
1. Ficção: Literatura juvenil 028.5

Para meus alunos na CJH

CAPÍTULO UM

– O EMBARQUE PARA O TREM COM destino a Chicago começará em cinco minutos – diz um anúncio. Poucas pessoas se levantam, algumas arrastando malas.

Do outro lado do corredor, você nota um sem-teto encolhido, dormindo debaixo de três assentos.

– O que está fazendo aí? Está atrapalhando a passagem! – O homem se curva e recolhe a mala, resmungando alguma coisa.

O sem-teto sai de baixo dos assentos, pegando um pacote que estava ao seu lado no chão. Ele sacode a roupa e se levanta. Tira uma passagem do bolso. Então olha para cima, tentando ver o painel. O olhar dele cruza com o seu, e, de repente, vocês são as duas únicas pessoas ali. São os olhos *dele*: castanhos, claros e reconfortantes. As duas pintas na bochecha direita. O cabelo está mais comprido, cobrindo as sobrancelhas, mas você o reconheceria em qualquer lugar.

A barra da camiseta está rasgada. As calças, cobertas de sujeira. Você olha para o pulso direito dele e consegue ver, despontando atrás de um relógio de plástico: a tatuagem. Um símbolo e uma série de números. Exatamente como a sua.

Você puxa a pulseira de couro, mostrando-lhe a pele macia

do seu próprio pulso. E logo cobre com a mão para que ninguém mais veja.

– Você – ele finalmente diz. – É você.

Ele então sorri. Você tem tantos sentimentos por essa pessoa que mal consegue respirar. Esse estranho, o garoto dos seus sonhos.

– Você está aqui – você diz, enquanto ele caminha na sua direção. – Você é real.

– Achei que você estivesse morta. Quando não apareceu…

– Não apareci onde?

Ele fica surpreso e olha nos seus olhos. As íris dos olhos dele têm manchas douradas. Nas suas lembranças da ilha, a cabeça dele estava raspada. Mas agora os cabelos grossos e pretos haviam crescido. Ele dá um passo para trás.

– Sua memória não voltou?

Você fica tensa com ele te encarando.

– Está voltando – você responde. – Mas aos poucos. Sonhos… vislumbres… Você consegue se lembrar de tudo? Mesmo de antes?

– Começou assim pra mim – ele diz. – Depois as lembranças começaram a se combinar. Ficou mais fácil conectar as coisas.

Você quer saber mais, porém não consegue deixar de prestar atenção na estação de trem. Dois homens de quarenta e poucos anos estão do outro lado do corredor principal, analisando o painel com o número das plataformas. Só leva um segundo para um dos dois notar que você os está observando.

– Não deveríamos ficar conversando aqui. Não é seguro. Não podemos nem ser vistos juntos.

O garoto se vira para o painel.

– Qual o horário do seu trem?

– Sai em cinco minutos.

– Nova York?

– Chicago.

– É o mesmo trem. A última parada é Nova York. Você deveria ficar no trem… é para onde eu estou indo.

Você olha para o garoto, sem saber se pode confiar nele. Instintivamente, sente que sim, mas não tem muita certeza disso depois das últimas duas semanas. Confiara em Ben, o cara que te ajudou no dia em que acordou nos trilhos, sem a mínima ideia de quem era ou como havia chegado lá. Vocês ficaram amigos, e depois até um pouco mais que isso. Ele estava disposto a fugir com você. Só que era tudo mentira. O tempo todo, ele estava apenas preparando uma armadilha.

Metade da sua atenção ainda está voltada para a multidão. Você ajeita a mochila, certificando-se de que a pulseira cobre a tatuagem, de que a echarpe esconde a cicatriz na lateral do seu pescoço.

– Vamos conversar no trem.

– Certo. Estou no vagão cinco.

Você acena com a cabeça e segue para a plataforma.

Há uma fila formada, na qual um funcionário verifica as passagens. Você entrega a sua e olha para o lado, fingindo estar distraída com uma garotinha que brinca na área de espera. De canto de olho, você percebe que aqueles dois homens entraram na fila. O funcionário escaneia o código de barras e você se apressa em direção ao trem.

Você não olha para trás para ver se o garoto está lá. Continua em frente, perdendo-se no meio de um grande grupo de adolescentes, notando que alguns usam camisetas vermelhas com a inscrição COLÉGIO JEFFERSON. Você espera os dois homens passarem. Não parece que estão procurando por você, mas é impossível ter certeza.

Há menos de duas semanas, você acordou nos trilhos do metrô no meio de Los Angeles, sem lembrança de quem era ou como chegara lá. Quase imediatamente, já estava fugindo de pessoas que queriam te matar. Pouco a pouco, fragmentos de sua memória começaram a voltar, e você tentou compreender o que podia a respeito das pessoas que estavam te perseguindo. Agora, sabe sobre o Grupo A&A – GAA –, a organização que perpetrou um jogo doentio, permitindo que seus membros, secretamente, caçassem seres humanos, a presa suprema. Você é um alvo. Está marcada com um código, o único jeito de te identificarem. Foi caçada primeiro em uma ilha, em um lugar remoto; depois abandonada no meio de Los Angeles, onde o jogo continuou, com seu caçador seguindo seu rastro pelas ruas da cidade.

Já se passaram algumas horas desde que você deixou evidências para Celia, seu contato na polícia. Esperava ter repassado informações suficientes para que ela investigasse o caso. A essa altura, torce para que ela já tenha prendido Goss, o caçador que estava atrás de você. Só que eles podem ter designado outra pessoa para te perseguir, e esse alguém já pode estar te rastreando. Até onde você sabe, o jogo só termina quando você morrer.

Depois de encontrar o vagão número cinco, você segue por um longo corredor repleto de portas. Comprou sua passagem com dinheiro vivo, sacado com os cartões do Ben: 450 dólares por um lugar no trem para Chicago. O vagão número cinco está repleto de cabines com camas dobráveis e pias. Os passageiros parecem ricos. Uma senhora está sentada na primeira cabine pela qual você passa, com uma bolsa de couro no colo, óculos de sol de armação dourada sobre cabelos bem arrumados. O homem sentado à frente dela usa uma camisa engomada.

O garoto deu um jeito de chegar à cabine antes de você. Ele desaparece algumas portas adiante. Você se demora um pouco, observando os passageiros guardarem o restante de suas bagagens, e passa pelas portas corrediças. Nada parece estranho. Ninguém te seguiu. O trem começa a se movimentar.

No vagão-leito, o garoto coloca a mochila debaixo de um dos assentos. Você entra atrás dele, fechando a porta. Há duas poltronas, uma de frente para a outra, e uma cama no alto. Você fica perto da pia estreita e olha pela janela. A plataforma vai ficando para trás.

– Essa suíte inteira é sua? – você pergunta.

– É. Comprei as duas passagens só pra garantir. – Assim que você coloca sua mochila no chão, ele se aproxima da janela, fechando a cortina. A cabine fica escura.

– Gosta de gastar, não é?

– Sou bom em várias coisas... – Ele dá um passo à frente, chocando-se com você por um instante, com a cabeça baixa. Quando você se vira, ele está segurando o maço de dinheiro que você levava no bolso da frente. – Mas sou *muito* bom em conseguir o que preciso.

Ele te devolve o dinheiro com um sorriso. Você nota que os ossinhos da mão direita dele estão feridos. Acomodando-se nas poltronas, vocês ficam um de frente para o outro, joelhos a poucos centímetros de distância.

– Me dê um motivo pra confiar em você. – Sua voz está mais aguda, irregular. Você odeia parecer nervosa.

Ele se inclina para a frente, com os cotovelos sobre os joelhos.

– Você acha que não pode confiar em mim? Quer que eu prove?

– Se você puder...

Ele levanta os olhos, aponta para o lado direito do seu pescoço, onde a echarpe cobre a cicatriz.

– Isso vai da parte de trás da sua orelha direita até um pouco abaixo do ombro. Faz uma pequena curva para a esquerda, no centro. Você tem uma marca de nascença nas costas, bem acima do lado esquerdo do quadril. Tem a forma parecida com a de um carro.

Ele espera que você se vire e olhe. Você não precisa fazer isso. Conhece bem suas marcas de nascença e cicatrizes: seu corpo é a única evidência que tem sobre quem era antes.

– O que mais?

– Você não gosta de abrir a boca quando sorri. Seu cabelo fica todo arrepiado quando chove. Quando está com medo, você cutuca a cutícula dos dedões. É meio nojento.

Sem conseguir se conter, você dá uma gargalhada.

– Você consegue correr mais rápido do que eu, mais rápido do qualquer pessoa que eu conheça – ele continua falando. – Sua tatuagem diz FNV02198. Você...

– Pode parar... tudo bem. Acredito em você.

Ele volta a sorrir, mas não desvia os olhos escuros dos seus.

– Ótimo. É bom mesmo.

Você havia imaginado as coisas de outra forma. Chegaria perto dele e se sentiria à vontade, confortável, como nos sonhos. Porém ele continua sendo um estranho. Você ainda está se acostumando com a cadência grave e irregular daquela voz. Ao levantar uma sobrancelha, ele repuxa o mesmo lado dos lábios para cima. É uma expressão que você não reconhece.

– Quando combinamos de nos encontrar?

– Na ilha. – Assim que diz isso, ele muda de expressão, abaixa a cabeça e desvia o olhar.

– Era para eu me encontrar com você?

– Em São Francisco, na sexta-feira da segunda semana... se nós dois sobrevivêssemos até lá. Eu me lembrei a tempo. Você não. – Ele puxa uma das pernas na direção do peito, aumentando a distância entre vocês. Os bíceps movimentam-se sob a camiseta conforme ele mexe na pulseira do relógio, expondo a tatuagem.

Você pensa naquela manhã em que esteve na rodoviária Greyhound e observou a tabela de horários no painel eletrônico sobre o balcão. Chicago, Nova York, Austin, Las Vegas. São Francisco se destacou. Será que soube, mesmo antes de se lembrar? Será que estava tentando voltar para ele?

– *Onde* em São Francisco? Por que lá?

Ele fica olhando para você, esperando alguma coisa... mas o quê? Quando finalmente desvia o olhar, ele apoia a cabeça nas mãos e, praticamente sussurrando, diz:

– Lena...

– Lena?

Seu corpo fica gelado. O nome. *Seu* nome. Houve um tempo em que quis saber seu nome mais do que qualquer outra coisa, e agora você sabe. Mas ele não te desperta nada. Não há nenhuma associação, nenhuma sensação. Você repete para si mesma: *Lena, Lena, Lena*, mas soa como qualquer outra palavra.

Ele fica em silêncio, vendo você aprender esse fato básico sobre si mesma.

– Como já aconteceu com você e não comigo? Como sua memória já voltou? – você questiona. A pergunta fica no ar, mas ele não tem uma resposta.

Depois de alguns minutos, ele levanta a cabeça e puxa a cortina. O trem deixou a cidade para trás, as colinas cobrem os edifícios.

– Você não se lembra de nada – ele afirma em voz baixa.

– Sinto muito... – É tudo o que você consegue dizer. – Você vai ter que me explicar tudo. Desde o início. O que você sabe? O que eu te contei?

A expressão dele fica mais suave, e o princípio de um sorriso surge em seu rosto.

– Bem, pra começar... – Ele estende a mão. – Eu sou Rafe.

– Finalmente. – Você pega na mão dele, deixando-o segurar a sua por alguns segundos antes de puxá-la. – Um nome.

– Dois, já que estamos contando...

– Então eu me chamo Lena.

– Estávamos juntos na ilha.

– Isso eu sei. – Você não menciona os sonhos, que agora sabe que são lembranças, voltando aos poucos desde que acordou. O rosto dele sobre o seu, a voz em seu ouvido, o corpo junto ao seu. Já sabia das duas pintas bem abaixo do olho direito. O arranhão na testa, que agora já está desaparecendo e não passa de uma marca rosada sob a linha do cabelo. Você estava com ele. Estava apaixonada por ele.

Ele olha para suas pernas descobertas, para os elegantes sapatos que encontrou. Não é algo que usaria normalmente. Você tira a echarpe, de repente se dando conta do quanto deve parecer idiota. Rafe veste um moletom de capuz e jeans.

– Você... de vestido. – Ele sorri.

– O que isso quer dizer?

– Nunca pensei que veria isso. Eu gostei, é só isso.

Você não quer, mas sorri.

CAPÍTULO DOIS

UMA HORA SE PASSOU, o movimento do trem está te acalmando. Você vê as montanhas se movendo pela janela; sente-se segura naquele espaço pequeno e silencioso.

– Você ainda não me respondeu. Por que São Francisco? Por que deveríamos ter nos encontrado lá?

Rafe faz uma pausa antes de responder.

– Você conhecia umas pessoas lá. Depois que saiu da casa da sua tia, morou lá por quatro meses, antes de voltar para o deserto...

– Cabazon? É lá que moram minha mãe e meu irmão?

– É, eles moravam. Bem perto da cidade. – Ele se mexe no assento, olhando para o teto.

– O que aconteceu com eles? – Você tenta manter a voz firme ao perguntar aquilo, mas é impossível. Está perto demais de saber algo sobre sua família. Sobre alguma coisa real.

Ele respira fundo, prendendo a respiração por alguns segundos.

– Depois que seu pai faleceu, um dia você voltou da escola e sua mãe não estava lá. Então esperou por ela. Tentou cuidar do seu irmão pelo tempo que foi possível. Após algumas semanas acreditando que ela voltaria, você ficou sem dinheiro e sem comida. Precisou levar seu irmão para a casa de uma tia que você mal conhecia, que tinha um namorado nojento que você detestava.

Você volta a pensar na lembrança do funeral. A mulher ao seu lado cobre o rosto. A pele das mãos dela é tão fina que dá para ver as veias. Seu irmão aparece com mais nitidez, mas apenas como uma criança. As lembranças não vão muito além da risada dele.

– Eu disse o nome do meu irmão?

– Chris. Chris Marcus. Esse é o seu sobrenome também.

– Lena Marcus.

– Lena Marcus – ele repete, vestindo o capuz, cruzando os braços e te observando. Você sabe que obrigá-lo a te contar tudo isso é colocá-lo em uma situação esquisita. Odeia que tenha de ser assim. Mas precisa saber.

– Onde meu irmão está agora? Você tem ideia? – você pergunta.

– Você não sabia ao certo.

– Como meu pai morreu? Quando?

– Você tinha quinze anos. Foi um ataque cardíaco. Você o encontrou no carro dele.

Você espera sentir aquele puxão forte, a sensação de uma lembrança chegando. Quer se lembrar do que viu, sentir o que sentiu, por mais terrível que possa ter sido. Mas nada acontece. Você não consegue se conectar com nada do que Rafe está dizendo. Ele poderia estar falando sobre qualquer pessoa.

– Veja só, Lena... – Rafe fica olhando para você. – Não precisamos falar sobre isso.

– Talvez não devêssemos. Talvez seja melhor não saber.

Neste exato momento, alguém bate na porta da cabine e ela se abre. Um homem de uniforme azul fica parado, com uma mão apoiada no batente. A barba branca está aparada perto da linha do maxilar.

– Passagens, por favor.

Ele olha para as roupas sujas de Rafe. Quando o garoto entrega a ele duas passagens de primeira classe para Nova York, ele as analisa com cuidado. Depois as perfura e segue para a cabine seguinte. Sua passagem de classe econômica para Chicago ainda está em seu bolso.

Você se inclina para a frente, diminuindo o espaço entre vocês.

– Sabe, eu não disse que ia com você. Pode ser mais perigoso se ficarmos juntos. E por que Nova York?

Rafe dobra as passagens e as guarda no bolso.

– Quero encontrar outros alvos.

Outro alvos. Você sabia que existiam outros por aí, é claro. Naquela casa abandonada – uma espécie de centro de operações – em que viu os membros do GAA, você notou imagens na parede com codinomes como o seu: um falcão, uma cobra, um tubarão. Junto a eles, diferentes cidades: Nova York, Los Angeles, Miami. Mas, na verdade, você não tinha pensado muito nos outros.

– Como vai encontrar essas pessoas?

Ele ajusta a pulseira do relógio. Agora você consegue ver o quadrado preto. Um animal que parece um alce está gravado no interior, seguido pelo código KLP0211.

– Quando eu estava procurando por você em São Francisco, comecei a pesquisar em alguns sites, sabendo que deviam existir outros alvos por aí.

– E você encontrou?

– Encontrei um. Um garoto que se referia a si mesmo como Connor. Ele colocou um anúncio nos classificados, e acabamos conversando uma vez por videoconferência, apenas por alguns minutos. Ele me falou que já tinha encontrado um alvo e estava procurando outros. Disse que havia locais em Nova York em que ele se encontrava com ela. Nossa conversa foi breve, mas ouvi o bastante para me convencer.

– E se for uma armadilha? E se ele estiver apenas te atraindo para fora do esconderijo?

– É um risco – Rafe diz. – Mas eu falei com ele. Ouvi sua voz. Ele estava assustado.

– Então quer encontrar esse garoto quando chegar lá? Como?

– Ainda não sei – responde Rafe. – Vou a alguns dos lugares que ele mencionou, pra começar. Parece que vale a pena tentar. Estou cansado de fugir. Estou cansado de ficar sozinho.

Você olha para suas mãos. Ainda há manchas marrom-avermelhadas sob as unhas. O sangue de Izzy. Ela era vizinha de Ben e sua primeira amiga de verdade. Ela te seguiu até a casa de Goss aquele dia, porque queria ter certeza de que você estava bem. Quando ele foi atrás de você, ela foi pega no fogo cruzado.

Depois que ela foi atingida, você jurou que ficaria sozinha, que não seria responsável por mais ninguém. Mas agora não tem certeza. Achou que iria para uma cidade qualquer perto de Chicago, tentaria se misturar, tentaria se esconder. Mas esse plano parece ingênuo agora. Ficar com Rafe é um risco... mas ficar sozinha também é.

A porta da cabine ainda está entreaberta, e você se levanta para fechá-la.

– Então vamos encontrar os outros alvos. Se eles se lembraram de alguma coisa da qual não nos lembramos, podemos descobrir quem está no comando do GAA e até colocar um fim nisso tudo.

Rafe olha para você.

– Podemos começar com Connor.

– Precisamos ter cuidado. – Você não sabe bem para quem está dando esse conselho.

Rafe olha para o chão, e sorri como se tivesse acabado de se lembrar de algo.

– Na ilha – ele diz –, ter cuidado não foi o que nos manteve vivos.

CAPÍTULO TRÊS

O CÔMODO CHEIRA A PÃO MOFADO E *água sanitária. Você está com um braço sob a mesa à sua frente, de modo que eles não podem vê-la. Você desliza a ponta da caneta pelo pulso, desenhando espirais longas e finas. Passa para a área logo abaixo do cotovelo, rabiscando algumas estrelas pretas. É boa a sensação de fazer algo que não deveria estar fazendo.*

– Marcus. – Você continua, desenhando um coração, outra estrela. – Marcus, estou falando com você. – Você a escuta, mas não dá atenção. Deixa que fale novamente, deixa que ela tente te fazer levantar os olhos.

Joy está sentada ao seu lado. Ela te cutuca com o cotovelo e sussurra:

– Williams está te vendo. Não seja burra.

– Marcus, estou falando com você. – Williams está ao seu lado agora. Ela arranca a caneta de sua mão. – Onde conseguiu isso?

Você conseguiu com os voluntários católicos. Pegou emprestado para escrever um cartão de orações e nunca devolveu. Mas não diz isso. Não diz nada.

– Levante-se, Marcus. Vai passar o resto da noite em seu quarto. – Você fica ali sentada, naquela cadeira de plástico idiota, usando calças largas demais para o seu tamanho, sem cadarços nos sapatos. Puxas as mangas do suéter para baixo, de modo a cobrir o braço quando um funcionário surge do outro lado. Ele te faz ficar em pé.

Assim que você abre os olhos, vê o teto da cabine do trem. A cama de cima é estreita, e o colchão é macio demais para ser confortável. A luz do sol preenche o pequeno espaço. Você se deitou à uma da manhã, talvez um pouco mais tarde, e não tem certeza de quanto tempo dormiu.

– Está acordada? – Rafe não passa de uma voz vinda de baixo.

– Como você sabe?

– Você deve ter se virado mais de vinte vezes na última hora. São suas costas, não é? De dormir ao relento?

– É tudo. Eu estava sonhando.

– Uma lembrança?

– Sim.

– Sobre mim? – Você pode ouvir o sorriso na voz dele.

– Muito engraçado.

Você se apoia na lateral da cama. Ele está bem abaixo de você. Já dobrou a cama e a transformou novamente em duas poltronas. Está comendo um sanduíche que tirou de um recipiente plástico.

– Eu costumava sonhar com você – ele diz. – Antes de a minha memória voltar.

A afirmação fica no ar. Ele espera, e você sabe que ele quer descobrir se seus sonhos são como os dele.

– Era sobre minha vida de antes – você diz. Você se senta na cama. Seu vestido está amarrotado, os cabelos emaranhados na parte de trás. – Que horas são?

– Quase duas. Já passaram com o almoço.

Ele corta metade do sanduíche e te oferece. Só agora você se dá conta do quanto está faminta. Não come há quase um dia.

Quando levanta os olhos, Rafe está te observando. Ele tirou o agasalho de moletom e uma camiseta de algodão cobre seu tórax largo. É alto o bastante para ficar cara a cara com você sobre a cama. A luz vacila sobre o rosto dele, destacando seus cílios escuros, iluminando rapidamente sua pele morena.

– Eu estava falando sério – ele diz. – Tive uns sonhos bem reais sobre nós dois na ilha.

– Eu sei – você confirma.

– Você também tem?

– Foi por isso que te reconheci.

Você se recosta no assento, fixando os olhos na paisagem que passa do lado de fora. Há árvores por todos os lados; atrás delas, casas espalham-se pelas colinas. As folhas são cor de vinho, algumas são douradas. O céu está bem branco.

Ele mantém a cabeça baixa ao falar:

– Durante os primeiros dias, depois que acordei, quando eu não sabia de nada... foi isso que preservou minha sanidade. Pensar naqueles sonhos.

Você ouve pessoas falando no corredor. Termina de comer o sanduíche, saboreando cada mordida.

– Eu não conseguia ter certeza se eram reais. Eu não sabia.

– Pra mim sempre pareceram reais.

– Ainda é confuso – você afirma.

Ele se apoia na cama de cima, com o queixo sobre a mão.

– Aqueles sonhos são a única coisa que não é confusa.

As palavras dele são calmas e suaves. Ele estica o braço, pegando na sua mão. Ele a segura, acariciando a palma com o polegar. Sua pele fica quente com o toque dele. Mas é demais.

– Ainda não estou pronta, Rafe – você diz, recolhendo a mão. – Eu não te conheço. Quero conhecer, mas não conheço. Não ainda.

– Certo, eu sei. – Ele se senta em uma das poltronas.

Você ouve a respiração dele. Não quer comparar, mas o faz. A sensação de Ben com você... os dedos entrelaçados aos seus...

Aquilo não foi real. Isso é real. Mas está ficando mais difícil saber a diferença. Você desce da cama e se senta de frente para ele.

– Quero saber sua história.

– Minha história...

Você apoia a testa na janela, olhando para fora.

– Como o GAA te encontrou, de onde você é... como sua memória voltou. Você não me contou nada.

Ele apoia os cotovelos sobre os joelhos. Há uma protuberância em seu nariz: a parte de cima é meio torta, como se tivesse sido quebrada. Ele não olha para você, fica analisando o tecido do assento.

– Minha história é... eu nunca passei do terceiro ano do ensino médio. Minha história é... só vi meu pai duas vezes, e minha mãe começou a usar metanfetamina quando eu tinha seis anos. Uma das minhas primeiras lembranças é encontrá-la desmaiada no chão da garagem. Minha avó me criou.

Você aproxima os joelhos do peito, sem deixar de observá-lo.

– Onde você cresceu? – você pergunta.

– Perto de Fresno. – Há um quê de irritação na voz dele. – Você sabe que já te contei tudo isso.

– Conte de novo.

– Ainda não me lembrei de tudo.

– Tente...

– Algumas partes parecem estar faltando. Mas eu sei que costumava frequentar um academia de boxe. O gerente era amigo do meu irmão mais velho e me deixava treinar de graça às vezes, quando não tinha muita gente. Um cara me viu lutando.

Ele começou a me perguntar várias coisas sobre minha família, de onde eu era... pensei que fosse apenas papo-furado. Então ele disse que me pagaria para ir de avião até o Texas, que arrumaria uma luta pra mim lá. Como se eu fosse muito bom.

– Fico me perguntando o que ele estava fazendo pra eles... não parece que era um Vigia ou um Articulador – você diz.

Rafe tira as mãos do rosto.

– O que é isso?

– O GAA designa um Articulador para cada alvo. É ele que dá a pista para que os caçadores possam te encontrar. Depois, garantem que não haja evidências da caçada. Eles armaram pra mim, pra eu não poder recorrer à polícia. Fizeram parecer que eu tinha invadido um edifício comercial. Os Vigias são pessoas que monitoram, cuidam para que você esteja dentro de certo raio de alcance, que esteja saudável. Eles ficam de olho, a serviço do GAA. Foram eles que plantaram os rastreadores na gente. Você se livrou do seu, não é? – Rafe confirma com a cabeça, e você continua. – Descobri isso quando encontrei a casa do meu caçador, Goss. Ele tinha uns papéis escondidos em um guarda-roupa, com informações suficientes para eu decifrar algumas coisas.

Rafe recosta a cabeça.

– O primeiro cara que me abordou... não sei o que ele fazia pra eles. Curt. Um filipino gigantesco, capaz de ficar falando por horas sobre boxe e futebol americano. Odiava os Jets, mas adorava os 49ers.

Rafe faz uma pausa, esperando você dizer alguma coisa.

– Ele devia estar observando a academia há algum tempo, tentando ver quem poderiam recrutar – você palpita. – Conquistando sua confiança.

– Eu fico me sentindo tão idiota. Tipo... era uma coisa importante, empolgante. Eu falei pra todo mundo que ia. Não parava de tagarelar sobre esse campeonato de boxe do qual ia participar, de todo o dinheiro que ia ganhar. Minha avó estava doente na época, e eu achei que ia chegar lá e...

Ele não termina, apenas mantém o olhar fixo no teto. A palma da mão desce pelo rosto, esfregando as têmporas com os dedos.

– Curt disse que havia um patrocinador, que a gente viajaria em um avião particular. Eu nunca tinha viajado de avião. Partimos de um aeroporto pequeno e eu fiquei morrendo de medo quando estávamos no ar. Foi uma sensação muito louca. E, assim que acordei, estava na ilha.

– Como isso aconteceu?

– Ele me deu uma bebida vinte minutos depois da decolagem. Deve ter colocado algo nela.

– E quando acordou na ilha, você ainda conseguia se lembrar de tudo?

– Sim, a gente se lembrava de tudo na ilha. Eu não sei quanto tempo teria durado lá sem minhas lembranças.

– Como assim?

– Lembrar das coisas... das pessoas... ajudava. Sempre me ajudou a lutar com mais determinação. Me dava um motivo para sobreviver. Na ilha, sempre que eu começava a achar que não ia conseguir, simplesmente imaginava... – Ele dá uma risada rápida e baixa, depois vira o rosto para o outro lado. – Eu me lembrava de uns ovos que minha avó fazia para mim. Ela colocava molho picante por cima, depois misturava com queijo *cheddar.* Parece besta, mas eu pensei nisso tantas vezes... em como ela preparava esses ovos todas as manhãs. Só pra mim. Ela nem gostava. Essa lembrança me manteve vivo.

Algo surge dentro de você. Você seca o canto dos olhos, desejando que ele se vire, que pegue novamente em sua mão. No instante em que isso acontece, você aceita.

CAPÍTULO QUATRO

QUANDO VOCÊ VOLTA DO CHUVEIRO, RAFE NÃO está lá. Já passa das 20h, o céu está escuro. Os assentos estão dobrados novamente junto à parede e há um bilhete sobre sua poltrona. Ele escreveu no papel da companhia ferroviária, tirado de um bloco de notas que estava na cabine.

ÚLTIMA NOITE DE LIBERDADE. ME ENCONTRE NO VAGÃO-RESTAURANTE.

Você remexe na mochila, procurando a identidade falsa que comprou em Los Angeles. Depois se observa no pequeno espelho sobre a pia. Seus cabelos ainda estão molhados e as pontas ensopam a camiseta. Você coloca uma boa parte dele para o lado, para cobrir a cicatriz. Belisca as bochechas para ficar corada, pressiona os lábios e alisa as sobrancelhas.

Segue pelo corredor, trancando a cabine ao sair. O vagão-restaurante fica a quatro vagões de distância, e você anda com a cabeça baixa, mantendo a lateral do rosto coberta pelos cabelos. Quando entra, vê Rafe em uma mesa ao fundo.

Você se senta de frente para ele. Seu copo contém um líquido cor de caramelo, já pela metade. Ele bebe o resto e coloca o copo sobre a mesa. Você se aproxima, notando como o sorriso dele surge e desaparece dos lábios, como se Rafe estivesse lutando contra isso. Ele não parece manter o olhar em um lugar só.

– Você está bêbado – você conclui.

– E você está ficando para trás. – Ele coloca a mão no bolso e desliza algo sobre a mesa. Uma pequena garrafa plástica de uísque. Você gira a tampa e sente o cheiro familiar. Acaba com a bebida em dois goles.

Quando termina, olha em volta, observando as mesas atrás de si. Há dois casais mais velhos, de cabelos brancos, com taças de martíni quase intocadas na mesa. Um cara de vinte e poucos anos com barba e óculos de lentes grossas escreve em um caderno.

– Relaxe – diz Rafe. – Se alguém tivesse embarcado em Chicago esta manhã, já teria encontrado a gente. Estamos fora do radar... pelo menos por enquanto.

– Eu estava mais preocupada em alguém me reconhecer por causa daquele vídeo.

– Lena, a grande ladra malvada. – Quando Rafe sorri, ele esfrega a lateral do queixo. A barba rala o faz parecer alguns anos mais velho. – É meio excitante.

O sangue sobe para o seu rosto.

– Você é batedor de carteiras – você diz. – Talvez eu devesse estar mais preocupada com a possibilidade de as pessoas te reconhecerem.

Rafe espalma as mãos sobre a mesa, deixando a ponta dos dedos a poucos centímetros dos seus. Quando se inclina na sua direção, você sente o cheiro de uísque no hálito dele.

– Você não precisa se preocupar comigo – ele afirma. – Porque eu nunca sou pego.

– Como você aprendeu?

– Tinha um senhor que ficava na academia de boxe. Ele fez isso por quarenta anos. Em Nova York, principalmente no metrô. Ele me ensinou.

Você penteia o cabelo com os dedos, desfazendo alguns nós. Um garçom se aproxima e traz mais duas bebidas: uma para você e outra para Rafe. É algo misturado com refrigerante. Você dá pequenos goles, desfrutando um pouco de cada vez. Olha para o corredor, onde um homem ruivo e sardento está debruçado sobre uma mesa, falando com a mulher que está sentada. Ele diz algo e ela ri, prendendo um cacho preto atrás da orelha.

– Me mostre. – Você aponta com a cabeça na direção deles.

Ele estica o pescoço, observando-os.

– É fácil.

Antes que você possa impedir, ele já está se levantando. Está vestindo uma camiseta de algodão cinza, justa no corpo, e dá para ver os músculos das costas quando ele se movimenta, caminhando pelo vagão lotado. Aproxima-se do homem ruivo, tromba com ele e pede desculpas. Só quando chega ao fundo do vagão, perto dos banheiros, é que se vira para você.

Ele ergue a mão, segurando a carteira de couro marrom do homem. Você está a par da brincadeira, observando-o como observaria um mágico.

Ele segue na sua direção, sorrindo o tempo todo. Ao passar novamente pelo homem, não tromba com ele. É impossível notar a sua mão ao devolver a carteira para o bolso do dono. Porém você vê que ela está lá, pelo menos o contorno dela, quando Rafe se senta novamente à sua frente.

– Ele percebeu? – Dessa vez, quando ele sorri, mostra os

dentes: retos e bem brancos. O da frente está lascado no canto, mas isso, de certa forma, deixa-o ainda mais atraente.

– Ele não percebeu. – Você olha por sobre o ombro dele. O homem ainda está falando com a mulher. Ele se senta ao lado dela, mostrando-lhe algo em seu telefone.

– Eles nunca percebem. Não até ser tarde demais. – Rafe termina a bebida com alguns goles e empurra o copo.

– Me mostre como se faz – você pede. – Quero aprender.

– Não dá para aprender em uma noite.

– Posso tentar.

Ele se levanta, tirando um bolo de notas do bolso. Deixa duas de vinte sobre a mesa, colocando um açucareiro sobre elas.

– Ambiciosa. – Ele ri. – Vamos. Não posso te mostrar aqui.

Você vai atrás dele, na direção do vagão-leito. O uísque te aquece por dentro. Você fecha os olhos por um minuto e vê o rosto dele sobre o seu, aquele momento na ilha em que ele te beijou, em que passou o polegar por seus lábios.

Você entra na cabine e ele fecha a porta. Dobra algumas notas ao meio e coloca um pedaço de papel em volta delas, improvisando algo semelhante a uma carteira.

– Não é o ideal – ele afirma. – Mas vai servir. A ideia é criar espaço no bolso. Você empurra a parte de cima do bolso com o polegar e puxa a carteira com dois dedos.

Ele levanta os dedos indicador e médio, depois os dobra na direção da palma da mão. Ele vira você de costas, coloca a mão em sua cintura e empurra seus quadris em direção à parede. Você dá uma risadinha, sentindo uma parte da mão dele tocar sua pele descoberta perto do cinto. Ele coloca o pequeno bloco de dinheiro no bolso traseiro de seu jeans. Quando tira, você nem sente.

– Sua vez – ele diz, colocando o volume no bolso de trás. – É provável que se dê melhor por ser menina. Primeiro, espere até estarem distraídos. Então trombe com eles, tente passar por um lugar apertado, esse tipo de coisa. Fica mais difícil alguém perceber.

Ele finge estar ali parado, olhando pela janela. Você tromba com ele, mas é difícil acertar o ângulo da mão. Você titubeia e ele agarra seu pulso. É tão óbvio.

– Não tenha pressa... – Quando Rafe diz isso, você se dá conta do quanto a boca dele está perto da sua. Ele está olhando fixamente para os seus lábios. – Tente de novo.

Você tenta. Tenta mais seis vezes. Em cada uma delas, chega mais perto de conseguir, mas não consegue.

– Você faz parecer fácil – você finalmente diz, desmoronando sobre a poltrona. – Aposto que eu me sairia melhor se não estivesse bêbada.

– Talvez. – Então ele se abaixa, colocando uma mão em cada um dos braços de sua poltrona. – Vamos ter tempo para treinar. Você vai se sair melhor.

Você recosta a cabeça no assento. Ele vai te beijar, você tem certeza disso. Ele permanece ali por algum tempo. Mas logo ele se vira e se joga sobre a outra poltrona.

CAPÍTULO CINCO

Quando Connor entra na *delicatessen*, já sabe onde estão instaladas todas as câmeras de segurança. Uma fica no final do primeiro corredor, virada para a porta. Outra, atrás da caixa registradora. Ambas são retangulares e pretas, e apontam para ele como armas.

Ele ajeita o boné para que a aba fique bem acima de seus olhos. Esconde o moicano. Os cabelos ainda estão tingidos de preto, embora a cor tenha desbotado desde que fugiu.

Ele vai até a estante de metal perto da caixa registradora, pegando um *New York Times*, um *Daily News* e um *New York Post*. O *Post* é sempre sua melhor aposta. Foi assim que encontrou Salto: havia um retrato falado dela no fim da segunda página. Uma mulher alegara que ela a atacara com uma faca. Aggy e Devon, os outros alvos, foram mostrados roubando dois caixas eletrônicos diferentes na cidade. Se o garoto dos classificados aparecer hoje, no parque High Line, eles serão cinco ao todo. Não vai demorar muito até que formem uma unidade, trabalhando como um só: um exército de alvos lutando contra o jogo.

– Só isso – ele diz.

– Quatro e cinquenta. – O operador de caixa é jovem, não muito mais velho do que Connor, usa uma camisa fina de poliéster e tem um sotaque que ele não consegue identificar muito bem. Connor permanece de cabeça baixa enquanto pega o dinheiro no fundo do bolso frontal da calça jeans. Ele tirou todos os *piercings*: os do nariz, o do lábio e os três da sobrancelha. Restaram cicatrizes, e as orelhas ainda estão esticadas por causa dos alargadores.

Ele coloca o dinheiro trocado sobre o balcão e enfia os jornais debaixo do braço. A entrada do High Line fica na 26th Street. O garoto prometeu que o encontraria hoje à noite ou amanhã pela manhã, em um outro parque mais ao norte. Connor o fizera mandar uma foto de sua tatuagem para verificar se ele era quem dizia ser. O garoto tinha treze anos, usava óculos rachados e alguns pelos escuros no seu rosto insinuavam um bigode ralo. Ele parecia apavorado.

Connor caminha sentido oeste, na direção da escadaria do parque suspenso. Há alguns dias, percebeu que havia um esconderijo atrás dos degraus, com alguns metros de altura e pouco menos de dois metros de comprimento. Ele teria aquele espaço pelas próximas duas horas. Um homem chamado Milt dorme lá toda noite. Ele guarda algumas de suas coisas em um saco plástico sob o primeiro degrau.

Connor passa o dia deixando códigos para os outros, escrevendo mensagens com *spray* em dois locais, para que os alvos não deixem de vê-las. Dizendo a eles onde devem se encontrar. Foi Salto quem descobriu as *raves* no metrô. Haveria pessoas lá essa semana, depois de anoitecer. O local era tão desolado que seria fácil notar se estivesse sendo seguido por alguém no caminho. E os túneis serviam como boas rotas de fuga.

Ele se abaixa sob a escadaria e se acomoda. Espalha os jornais, passando os olhos pelas manchetes. O *Post* tem um artigo sobre outro adolescente perturbado. Poderia ser uma pista.

Ele folheia o último jornal, percorrendo todas as páginas à procura de algo suspeito. Não há mais ninguém. Pelo menos, não hoje. Mas talvez haja alguma coisa amanhã. *Estamos chegando a algum lugar.* É o que Salto diria.

Ele sente falta dela, queria que ela estivesse ali agora. Que eles não precisassem esperar mais cinco horas para se encontrarem. Sabe que não é seguro ficarem juntos. Ambos estão sendo procurados por caçadores. Só chamariam mais atenção.

Connor dobra os jornais e confere a hora. Era para o garoto estar ali há dez minutos. Ele se levanta, espiando atrás da escadaria, imaginando se existe alguma possibilidade de tê-lo perdido.

Ou, pior, de ele não ter aparecido por estar morto.

Um grupo de adolescentes desce as escadas correndo, rindo. Estão bem acima dele, fazendo barulho nos degraus de metal com suas botas e saltos. Algumas garotas se espalham pela rua. Uma segura uma garrafa coberta por um saco de papel, as outras duas andam de braços dados. O garoto atrás do grupo usa uma daquelas camisetas polo idiotas com um jacaré, e Connor percebe que nunca desejou tanto algo – ser como ele, ser normal.

CAPÍTULO SEIS

VOCÊ OLHA PARA BAIXO, PARA AS QUADRAS de basquete. Homens com camisetas ensopadas de suor passam a bola de um lado para o outro. Ele arremessa, ele erra. Ele arremessa, ele acerta. Algumas pessoas pararam perto da cerca para assistir, entrelaçando os dedos na grade de metal. Do segundo andar da lanchonete você vê todo o quarteirão, até a esquina.

Você está observando, esperando. Anota alguns detalhes no bloco que pegou no trem. A esquina – West 3rd Street com a avenida das Américas –, o nome das lojas do quarteirão – lanchonete Papaya Dog, cinema IFC, estúdio de tatuagem Village Pop. Há dois adolescentes lá embaixo, parados perto da grade. Nenhum dos dois corresponde à descrição de Connor fornecida por Rafe, mas você faz anotações mesmo assim. Há um grafite fresco no muro de tijolos atrás deles: *FK'LIN*, rabiscado em tinta vermelha e brilhante. Rafe surge atrás de você, colocando um refrigerante sobre a mesa.

– Nenhum garoto de moicano – você relata. – Prestei atenção em todas as pessoas que passaram.

Rafe olha pela janela, fazendo uma varredura pela área.

– Ele me falou que só encontra os outros lá por cinco minutos, para registrar, depois todos vão para algum outro lugar. Sinto que deveria estar mais claro para nós.

O trem de vocês chegou a Nova York bem cedo, e desde então vocês passaram a maior parte do dia na estação Penn, atravessando o metrô e encontrando o local que Connor havia mencionado no mapa. Já é quase noite.

– Eles podem nos pegar se ficarmos muito tempo aqui – você diz. Um pensamento surge de repente. – Como eles pegaram a gente na ilha? No final, antes de trazerem todo mundo para as cidades?

– Foi mais ou menos depois de um mês – Rafe diz. – Antes disso era algo bem direto: um alvo, um caçador. Então, um dia, eles vieram atrás da gente. Ficou óbvio que algo havia mudado, havia tantos deles. Mas nós tentamos fugir. Eles atiraram em você primeiro. O dardo atingiu a sua perna. E você continuou correndo até não aguentar mais.

Você faz um sinal com a cabeça, grata, pela primeira vez, por não se lembrar disso.

– Como te pegaram?

– Eu parei – ele diz. – Não ia te deixar ali.

Aquilo te imobiliza, com um solavanco repentino de emoção. Você desvia os olhos.

– Deveria ter deixado.

– Você não me deixaria.

Talvez ele estivesse certo. Mas o que aquilo significava? Se alguém viesse atrás dele agora, você ficaria?

Você não tira os olhos da quadra de basquete lá embaixo. Um homem de boné preto está perto da quadra agora, do outro lado da rua. Ele percorre toda a extensão da grade, olhando para cima, na sua direção.

Você espera, aguardando alguns minutos, mas ele permanece lá. O rosto está meio escondido pelo boné, e ele quase não se vira. Está observando você.

– Tem um homem perto da quadra – você diz. – Ele está observando a gente. É melhor sairmos daqui.

Rafe chega a sorrir enquanto fala, fingindo ser casual, fingindo uma gargalhada.

– Tem certeza de que não é o Connor?

– Sem chance. Ele tem quarenta e poucos anos. Boné preto. Agasalho de moletom cinza.

– Certo, você vai primeiro. Eu vou atrás.

Você pega a mochila no chão, mantendo-a na frente do corpo ao descer as escadas. O andar inferior da lanchonete está lotado. Algumas pessoas passam com bandejas cheias de batatas fritas. Você desvia delas, abrindo as portas da frente no mesmo instante em que dois garotos com camisetas de futebol entram.

Você não encara o homem até chegar à esquina. Apenas alguns olhares de relance. Ele ainda está observando. Será mesmo que já te encontraram? Como? Sem o dispositivo de rastreamento, eles não têm como saber que você está em Nova York.

Um minuto se passa, e você se pergunta se Rafe está realmente vindo. Ele pode ter sido interceptado dentro da lanchonete, capturado por outro caçador antes de conseguir sair. O homem de boné vai até a beirada da calçada, virando-se para o trânsito.

Rafe sai correndo. Você não para de andar enquanto ele se aproxima. O homem fixa o olhar em Rafe e imediatamente começa a atravessar a rua, na sua direção, correndo na frente de um táxi, apressando os passos.

Você coloca a mochila nos ombros e acelera o ritmo, andando o mais rápido possível sem chamar muita atenção.

– Ele está seguindo a gente – você diz, quando Rafe te alcança. Vocês continuam por meia quadra, mas o homem ainda está atrás de vocês. – Assim que chegarmos à esquina, saímos com tudo.

Nenhum de vocês olha para trás. Estão concentrados no sinal da rua, preparando-se para correr.

CAPÍTULO SETE

Depois de dez quadras, o homem ainda mantém o ritmo. A Broadway está movimentada, cheia de pessoas carregando sacolas de compras, outras paradas diante de vitrines, olhando para manequins vestidos com roupas de marca. Mas a multidão não é suficiente para te esconder.

Correndo até a esquina seguinte, você chega a uma rua residencial de paralelepípedos estreitos. Nota um senhor mais velho meia quadra acima, de cabelos brancos e ombros caídos. Ele está colocando a chave na porta do prédio onde mora.

– Ele é nossa chance.

Rafe o vê também, e desacelera o passo. Você de repente se dá conta da imagem que devem estar passando, sem fôlego, Rafe com um agasalho de moletom largo e rasgado, jeans sujos. Pega na mão dele e sorri. Espera que pareçam com todos os outros adolescentes, andando de mãos dadas, alheios a todo mundo.

O senhor entra e você dispara, segurando a porta antes que se feche. Agarra a maçaneta a poucos centímetros do batente enquanto o homem dá os últimos passos até o primeiro patamar da escada.

Quando ele desaparece, você entra, e Rafe vai atrás. Você se apoia na parede, relaxando assim que a porta trava.

– Você viu? – você pergunta. – Viu como ele estava perto?

– Ele ainda não virou a esquina.

Você dá uma olhada no saguão. Há uma escadaria de mármore estreita, com as bordas dos degraus desgastadas. Duas portas de apartamento dão para o andar térreo. Não há saída nos fundos. Você espia a rua através da porta de vidro, esperando o homem passar.

– Não era para ele conseguir encontrar a gente aqui – você diz. – Vamos pro telhado.

Quando vocês chegam ao fim das escadas, saem para a cobertura. Olhando para a rua silenciosa abaixo, você respira fundo. As luzes dos postes se acendem. Você deixa a mochila cair no chão.

– Ele te reconheceu? – Rafe pergunta.

– Deve ter reconhecido. Com certeza estava seguindo a gente. Mas não vi nenhuma arma.

– Devia estar escondida nas costas. Ele estava apenas esperando uma oportunidade.

– Como já conseguiram encontrar a gente?

– Sei lá. – Rafe se senta ao lado da porta, colocando a cabeça entre as mãos. Quando fala, sua voz falha. – Odeio isso. Faz eu me lembrar de tudo.

Ele não precisa dizer do quê. Você sabe pela mudança na expressão dele, pela forma como ele arranca o boné, massageando o couro cabeludo. Ele está se lembrando do que aconteceu na ilha.

Você se senta ao lado de Rafe e segura a mão dele.

– Mas nós estamos bem. Estamos a salvo.

– Não estamos. Nunca vamos estar. E essa é a pior coisa disso tudo. – Ele fica de cabeça baixa. Os joelhos se agitam, fazendo o corpo todo estremecer.

Você vira a mão dele, analisando a palma. Uma cicatriz a atravessa. Você quer falar alguma coisa para ele se sentir melhor, mas tudo o que consegue dizer é:

– Por que não descansa? Eu fico vigiando.

Está mais frio ali, com o vento de outono passando pelos prédios, atravessando seu suéter fino. Anoitece depressa. Você tira o cobertor de emergência da mochila e o passa para ele. Vai até a mureta da cobertura. Não há sinal do homem na rua.

– Era isso o que você costumava fazer – ele diz, depois de um tempo. Quando se vira, ele está olhando para você. Seus traços parecem mais suaves, as linhas fundas desapareceram da testa.

– Como assim?

– Você nunca descansava. Independentemente do quanto estivesse exausta. Era sempre você que ficava acordada. Mesmo quando eu estava de guarda... você é que ficava vigiando de verdade. – Os lábios dele se retorcem, transformando-se em um sorriso. Ele olha para baixo, acariciando os seus cabelos. – Tipo, eu caía no sono por uma hora e você já tinha feito alguma coisa de bambu que servia para coletar água. Ou decidia que precisávamos pegar um caminho pela praia para evitar os caçadores. Eu dormia e você fazia planos.

A sensação de ouvir alguém contar algo íntimo sobre você mesma é surpreendentemente boa.

– O que mais? – você pergunta.

Rafe sorri.

– Eu não ia a lugar algum sem você. Era você quem realmente me mantinha vivo.

Você se aproxima e senta aos pés dele, tentando se lembrar das mesmas coisas. Tentando entender por que ele está sorrindo nesse momento, por que essa foi a única coisa que o resgatou daquela lembrança obscura.

– Você não precisava ter feito aquilo, na ilha.

– Ter feito o quê?

– Ter ficado comigo depois que fui atingida. Você podia ter fugido, tentado se salvar.

Rafe se inclina para a frente, apoiando as mãos nos joelhos.

– Eu não te deixei naquele momento, e não te deixaria agora. Como eu disse, você teria feito o mesmo.

– Você não sabe, talvez eu seja diferente agora, Rafe.

– Eu não acho que as pessoas mudam de verdade. Não desse jeito. Você é quem você é.

– Essa conversa é meio profunda – você diz com um sorriso.

– Cale a boca – Rafe ri. Depois empurra os seus joelhos para longe dele, rindo. – Estou falando sério.

– Talvez, eu não sei. Espero que esteja certo. – Você cruza os braços, mantendo a camiseta junto ao corpo quando o vento sopra sobre o terraço.

Rafe segura o cobertor.

– Isso é estúpido – ele diz. – Pegue. Não vou deixar você morrer congelada.

– Eu estou bem.

Então ele dá um sorriso travesso.

– Podemos dividir... como fazíamos na ilha. Talvez te ajude a lembrar...

Você ri.

– Só está pensando na minha memória, né?

– É, você sabe... – ele diz. – Vou ajudar como puder.

Ele levanta o cobertor, fazendo sinal para você entrar. Você se senta ao lado dele. Ele se acomoda, esticando-se atrás de você, deixando a parte da frente do cobertor cair sobre seu ombro.

– Eu colocava meu braço aqui – ele diz, agora com a voz mais suave. – Assim...

Ele coloca uma mão no seu quadril, no pequeno espaço entre sua cintura e o chão. Os dedos dele não estão tocando a sua pele, mas você sente o calor.

Você fecha os olhos.

Ouve a respiração dele.

– Na ilha, eu costumava dizer: "Se a gente sair daqui"...

– Quando – você corrige. – *Quando* a gente sair daqui.

Você consegue identificar o sorriso na voz dele.

– É! – ele diz. – Era isso que você respondia. Você dizia *quando*.

CAPÍTULO OITO

Você acorda sozinha debaixo do cobertor. O céu tem cor de hematoma. Quando se senta, vê Rafe ajoelhado perto da mureta, segurando uma garrafa de plástico. Ele joga um pouco de água nas mãos e lava o rosto. Ele tirou o agasalho de moletom, e você fica olhando para suas costas descobertas, para as asas tatuadas que se abrem sobre as escápulas.

Ele bate com a mão na lateral do rosto, depois enxágua, olhando para a rua abaixo. É um movimento tão simples, mas, com ele, você sente o familiar e vertiginoso puxão de uma lembrança chegando. Em um instante, está de volta à ilha.

Ele está ajoelhado sobre um penhasco, com os dedos dos pés na beirada, olhando para alguma coisa lá embaixo. Mais à frente, está o mar.

Quando ele se levanta, bate com a mão na lateral do rosto. Você nota os músculos de seu peito, o V *sutil que se forma acima de sua cintura. O corte sob o ombro parece melhor. A água salgada ajudou a cicatrizá-lo.*

– Pode ser que a gente consiga nadar uma parte. Se der pra descer... Assim não precisamos voltar pela floresta.

Você vai até ele, parando na beirada. A queda é de quinze metros, talvez mais. Estica o braço, sentindo a superfície do penhasco, os buracos irregulares que colocaria as mãos. Rochas brotam na parte rasa da água. Uma queda seria mortal.

– Temos que pular – você diz. – Eles vão ficar esperando a gente naquela trilha.

Rafe se vira para as provisões, todas dentro de um saco de tecido que vocês compartilham. Ele o amarra a um dos passadores de cinto e você se dá conta do pouco que têm: dois mamões papaia e abacates, algumas ferramentas de bambu. Há um ruído, um estalo. Vocês ouvem ao mesmo tempo e se viram, olhando para as árvores. O caçador está agachado no meio das folhas. O topo de sua cabeça está visível.

Você não olha para Rafe.

– Agora – diz.

Pula do penhasco, inclinando-se para a frente com toda a sua força. Rafe salta um segundo depois. Você está caindo... caindo.

– Você se lembrou de alguma coisa – ele diz, observando seu rosto. – O que foi?

Ele se aproxima, colocando a camiseta. Oferece o resto da água.

– Como você sabe?

– Parecia assustada – ele afirma.

– Foi um vislumbre da ilha – você explica. – A gente estava em um penhasco, prestes a descer.

– Mas aí a gente viu o cara. Estava escondido nas árvores – ele termina por você.

Você quer dizer que sim, sim, foi exatamente o que aconteceu na lembrança, mas não consegue nem fazer isso. Um nó duro se forma em sua garganta.

– Foi no dia em que você machucou o pé – Rafe conta. Ele estica o braço, puxa o seu pé esquerdo, apoia-o sobre os joelhos e tira seu tênis. Quando seu pé é exposto, você vê a marca que já tinha visto muita vezes antes. Fica bem abaixo dos dois últimos dedos. A pele está elevada e rosada, na forma de uma lágrima.

– A gente ficou bem quando caiu na água – ele diz. – Caímos em pé e longe o bastante das rochas. Mas quando chegamos à margem, ele atirou. Você estava correndo e deve ter pisado em alguma coisa. Sangrou tanto.

Ele desliza o dedo sobre a cicatriz, contornando as bordas. Depois passa para o seu tornozelo, circulando o osso. Deixa a mão lá por um tempo.

– O que aconteceu...? – você pergunta, mas já sabe a resposta.

– Eu te carreguei pela praia.

– O que mais? – você questiona.

– Não quero ficar te contando tudo só pras coisas voltarem ao normal. – Ele solta sua perna.

– Você não está fazendo isso. Eu só quero saber sobre nós.

– *Nós* – ele repete e sorri.

Você olha para as mãos, cutucando a cutícula do dedão.

– Nas outras lembranças que tive, nós estávamos juntos. Estávamos em algum lugar da floresta, e estávamos...

Rafe não olha para você, com um leve rubor no rosto. É o mais próximo de constrangido que você já o viu ficar.

– O que você quer que eu diga?

– Eu só... não sei se devo me sentir culpada. Se eu... tipo... fiz algo errado.

– Como assim?

Você pensa em Ben, em tudo o que aconteceu entre vocês: a noite na praia, os lábios frios junto aos seus. Deitar ao lado dele no sofá da sala. A sensação das mãos sob sua camisa, movendo-se sobre a pele descoberta de sua barriga.

É difícil pensar nisso agora, sabendo tudo o que sabe sobre ele. Ele estava trabalhando para o GAA. Ele te traiu.

Quanto Rafe precisa saber disso?

– Meu Vigia em Los Angeles... – você começa a contar. – Ben. Ele tinha a nossa idade, era um pouco mais velho. Eu achei que tivéssemos nos encontrado por acaso. Ele estava... me ajudando. Mas estava passando informações para o GAA.

Rafe fica de cabeça baixa.

– E daí... você se apaixonou por ele ou algo do tipo?

– Não – você diz. – Eu só... eu nem sabia se você era real. Não sabia o que estava acontecendo, estava tão confusa.

– Você não precisa explicar – ele diz, te interrompendo. Enfia a mão na mochila e te entrega uma barra de cereais. Pega uma também e começa a abrir a embalagem.

Rafe suspira, apoiando-se na cobertura, ao seu lado.

– Tudo bem – ele diz.

– Sinto muito.

Então um sorriso amarelo toma conta do rosto dele.

– É que... o cara que eu acho que era o *meu* Vigia... ele era, tipo, um drogado de sessenta anos que dormia perto do rio Los Angeles. Falava comigo sobre roubar coisas. Não era exatamente uma situação muito sensual.

Você solta uma risada baixa.

– Não parece mesmo.

Ele está com uma das mãos sobre o joelho. Você a segura, deixando seu polegar correr pelo interior da palma, apertando. Ele se vira, olhando para o seu rosto. É você quem se inclina primeiro. É você quem fecha os olhos primeiro, pressionando sua boca na dele.

Ele leva as mãos ao seu rosto, com os lábios junto aos seus. Momentos surgem na sua lembrança enquanto vocês se beijam.

Imagens, uma após a outra, como se você estivesse vendo um álbum de fotografias. Rafe ajoelhado perto do mar, onde as ondas batem na praia. Rafe amarrando um retalho de camiseta em volta de sua mão esquerda. Rafe afiando a ponta de um galho com um canivete, as lascas de madeira caindo em volta dos pés em delicadas formas encaracoladas.

Rafe, Rafe, Rafe...

Quando ele se afasta, passa o dedo sobre sua sobrancelha.

– Está voltando. Está voltando um pouco mais – você diz.

Então ele te puxa para perto, em um abraço apertado.

– Ótimo – ele afirma. – Porque eu senti sua falta.

CAPÍTULO NOVE

Você não ouve Rafe até ele estar no alto da escada de incêndio, pulando sobre a mureta de tijolos. Ele saiu de manhã para te comprar um novo telefone, enquanto você ficou na cobertura, mapeando a rota para o outro lugar que Connor havia mencionado.

– Consegui – ele diz, colocando o celular descartável em sua mão. – Mas se estamos juntos agora, isso também me afeta. Preciso saber para quem vai ligar.

Você tira o canivete da mochila e abre a embalagem do telefone.

– Quando eu estava em Los Angeles, contei a uma mulher, uma policial, sobre os caçadores. Disse que armaram para mim, que estavam tentando me matar. Ela foi a única que acreditou no que eu estava dizendo – você conta.

– Ei! – Rafe ri. – Você está brincando, né? O que te fez achar que podia confiar em uma policial?

– Tudo – você afirma. – Tudo o que ela fez me passou a ideia de que era confiável. Ela está investigando o GAA, reunindo provas pra mim.

Rafe se encosta na parede baixa.

– Por que precisa ligar pra ela agora?

– Eu quero ligar. – Ainda há perguntas. Izzy. Goss. O envelope que você deixou para ela no hospital. – Só vai levar um minuto.

– Não fale de mim. – Ele agora tem um olhar de... de quê? Medo? Vulnerabilidade?

– Não vou falar. Prometo.

Você caminha até a beirada da cobertura e fica andando de um lado para o outro. Quando está longe o bastante para ele não te ouvir, liga o telefone e digita o número de Celia. Enquanto chama, você quase é capaz de vê-la olhando para a tela, para o número não identificado, imaginando se é você.

– Alô?

– Celia? – Você reconhece a voz dela, mas pergunta mesmo assim.

– Sunny – ela diz, parecendo aliviada. É estranho ouvi-la te chamar assim, pelo nome que usou nas últimas semanas, antes de saber sua verdadeira identidade.

Ao fundo, um telefone toca e alguém fala alto. Ela deve estar na delegacia.

– Estava me perguntando quando você entraria em contato. Está tudo bem?

– Eu estou bem. Como está a Izzy? O que aconteceu?

Celia respira fundo.

– Izzy está... ela está viva. Está se recuperando. Não é a coisa mais fácil de explicar a alguém, mas ela sabe que estou trabalhando no caso. Goss foi detido domingo à tarde. Ela o identificou como a pessoa que atirou nela.

Você solta um suspiro longo e lento. Seus ombros relaxam.

– Graças a Deus – você consegue dizer. – Está quase no fim.

Celia fica em silêncio do outro lado da linha. Você precisa olhar para a tela para ter certeza de que a chamada não caiu.

– O que foi? – você pergunta. – Qual é o problema?

– Não temos evidências suficientes para iniciar uma investigação. No momento, os advogados dele estão alegando que Izzy invadiu a casa. Que ele agiu em legítima defesa. A porta dos fundos estava arrombada e a cena... bem, a cena indica isso. Vai ser difícil mantê-lo preso. Não tenho o bastante para fazer a acusação.

Você para de andar.

– O quê? Não entendo...

– Não podemos prosseguir com a acusação – Celia diz. – Não temos provas. Nem mesmo as anotações que você me mandou são suficientes. Ele tem os melhores advogados que o dinheiro pode pagar, vai conseguir sair dessa.

– Mas e a casa dele? Ninguém foi até a casa? Não encontraram nada?

– Nada. – Ela suspira. – Eu procurei os papéis, mas ele deve ter se livrado de tudo antes de eu chegar. Ainda estou trabalhando nisso, olhando por todos os ângulos. Tenho outra pista em Seattle. O corpo de uma garota foi encontrado lá, com uma tatuagem como a sua. Estou tentando reunir informações para provar que isso vai muito além de Goss... Ei, Sunny, onde você está? Pode me encontrar hoje?

– Não estou mais em Los Angeles – você diz, imaginando se não foi um erro viajar para tão longe. Celia não poderá te ajudar se você estiver do outro lado do país.

– Então onde você está? – ela pergunta. – Estamos apenas na superfície disso tudo. Eles ainda estão te procurando, principalmente agora. Devem saber que você teve a ver com a detenção de Goss.

– Eu sei. Estou em Nova York. Tentando reunir mais informações sobre o GAA. Logo terei algo mais pra te contar.

Ela faz uma pausa, tentando assimilar.

– Que tipo de informação?

– Outro alvos – você diz. – Tem mais pessoas como eu por aí. Vivas. Eu já tenho uma pista sobre um deles.

– O que mais? Algo concreto?

– Procure por Lena Marcus. Uma garota que desapareceu perto de Cabazon. Você vai reconhecer.

– É o seu verdadeiro nome? Como descobriu?

Você olha para o outro lado da cobertura, onde Rafe está ajoelhado, reorganizando as coisas na mochila. Não pode falar dele. Você prometeu.

– Encontrei uma pessoa que me conhecia. Não posso dizer mais do que isso. Eu volto a ligar em breve. Assim que puder. Com sorte, terei mais informações.

– Tenha cuidado – ela diz, e depois espera você desligar. Você tira a bateria do telefone, colocando-a no bolso. Quando volta para perto de Rafe, ele está trocando a camiseta por uma limpa, deixando o peito liso exposto por um instante.

– Qual é o plano? – ele pergunta.

Eles ainda estão te procurando, principalmente agora.

– Precisamos encontrar Connor o quanto antes. Vamos, eu vou na frente.

CAPÍTULO DEZ

QUANDO A PORTA DO METRÔ SE ABRE, Rafe sai primeiro. Ele observa a plataforma. Você está bem atrás, passando pela catraca e subindo as escadas, saindo ao sol.

Vocês seguem na direção oeste. A 110th Street é completamente diferente das paradas no centro. O meio-fio está cheio de copos de café amassados, folhas secas e embalagens de *fast-food*. Um homem está dormindo recostado a uma porta de garagem, com o rosto coberto por um pedaço de papelão. Vocês estão a apenas algumas quadras do Morningside Park, o outro ponto de encontro que Connor mencionou a Rafe.

Dentro do parque, vocês vão para o norte, na direção do lago. É meio-dia, mas o gramado está praticamente vazio. Não tem ninguém sentado nos bancos perto da água. Você olha para a margem e entende.

Há um corpo na beira do lago, sob um lençol branco. A polícia está por todo lado. Caminhando pelo cais perto dali, conduzindo buscas debaixo de uma ponte próxima. Um policial amarra uma fita amarela em volta do tronco de uma árvore e pede para as pessoas se afastarem.

Rafe vê ao mesmo tempo que você. Mesmo sem olhar para

ele, você ouve um suspiro profundo e a palavra em seus lábios: *não*. Um dos policiais levanta o lençol. O rosto do garoto está visível. O moicano preto, um ferimento de bala na lateral do pescoço.

– É ele – Rafe diz. – É o Connor.

CAPÍTULO ONZE

Você pega na mão de Rafe e o puxa, mas ele não para de olhar para o corpo. Vocês estão muito expostos ali, no meio da multidão. Você o força a se afastar da cena, tentando achar um local com melhor visibilidade.

Vocês saem do parque e passam por vários prédios, encontrando uma área alta para servir de mirante na escadaria de entrada de um edifício.

– O Articulador não chegou a tempo – você afirma. – Eles não deixariam o corpo aqui de jeito nenhum. Talvez alguém tenha visto tudo acontecer, talvez a gente consiga encontrar essas pessoas.

Rafe permanece em silêncio. Ele se segura no peitoril de uma janela e apoia o corpo sobre ele, tentando ver a cena de cima. É o bastante para chamar a atenção.

– Rafe, desce daí – você pede. – Eles ainda podem estar perto.

– Está vendo aquela marca? – Rafe aponta para uma parede de pedra a dez metros do corpo. O grafite parece recente. Tinta vermelha e brilhante. Você só consegue distinguir as letras: *WBD + WY*.

– Tinha um parecido no centro – você afirma. – Também em vermelho. Ele está se comunicando com os alvos.

Rafe passa os olhos pelas placas, pelos semáforos.

– Tem algum tipo de lógica...

Você observa a multidão do outro lado da rua. Uma pessoa se virou para você, uma mulher com quarenta e poucos anos. Ela tem cabelos loiros e curtos, e uma franja espessa que cobre as sobrancelhas. Pode apenas estar vendo um garoto equilibrado no peitoril de uma janela, com medo de que ele caia. Ou não.

– Vamos, desça – você diz, de olho nela. Estica o braço e agarra a perna de Rafe. – Temos que ir.

A mulher pega o celular. Antes que você tenha tempo de reagir, ela o aponta para você. Fica claro que tirou uma foto.

– Que diabos... – Rafe diz, finalmente a avistando. Ele volta a pular sobre os degraus, depois para a rua. Juntos, vocês se afastam do lugar.

Você olha para trás quando chegam à esquina. A mulher saiu do meio da multidão e mantém o telefone no ar. Ainda está apontado na sua direção quando você começa a correr, mantendo a cabeça baixa, cobrindo o rosto com os cabelos. Vocês precisam ir para bem longe dali.

Você dobra a primeira esquina e segue para o sul, para não ter que esperar o semáforo abrir. Rafe está bem atrás. Ao espiar sobre os ombros, vê que ela não os está seguindo, mas você continua indo para o metrô.

As calçadas estão cheias. As pessoas ficam olhando quando vocês passam correndo. Devem achar que vocês fizeram algo errado devido às roupas manchadas e os cabelos desgrenhados. Você está frenética. Quando estão a várias quadras do parque, Rafe vira em uma viela e espera por você, com as mãos nos joelhos, respirando fundo.

– Quem era ela? Já viu essa mulher antes? – você pergunta.

– Não faço ideia – ele responde. – Talvez tenha nos confundido com outras pessoas.

Você ri.

– Gosto do seu otimismo.

Você vai até o fim do muro e espreita, passando os olhos pela rua. Um casal de idosos conversa na frente da escadaria de uma casa. Um homem de meia-idade acabou de virar a esquina e caminha na direção de vocês, segurando o paletó sobre o braço.

– Temos que dar o fora daqui! – você exclama. – Se encontraram Connor, devem saber sobre o ponto de encontro.

Rafe te segue pelo quarteirão. Você vê o globo verde sobre um poste, indicando a entrada daquela linha de metrô. Sob o respiradouro, você ouve um trem chegando.

Estão a dez metros de distância quando você nota um homem atrás de vocês. Ele acelerou o passo e o paletó parece estar em uma posição estranha, cobrindo algo em sua mão direita.

– Ele tem uma arma – você sussurra para Rafe.

Uma garota com uma faixa verde no cabelo passa, empurrando um carrinho de gêmeos. Rafe olha para a frente, fingindo não ter ouvido o que você disse. Então uma mulher vira a esquina, caminhando em sua direção. Está usando suéter, óculos escuros e calça cargo. Os cabelos na altura dos ombros escapam do boné roxo. A mão dela está sobre algo preso ao cinto.

– Os caçadores. Eles estão aqui – Rafe diz em voz baixa.

– Precisamos separá-los – você afirma, sabendo que é apenas uma questão de segundos até que eles os cerquem. – Eu entro no metrô, você corta pelo parque. Sentido leste.

Você sai correndo para as escadas enquanto Rafe atravessa a

rua. Você se dá conta, um pouco tarde demais, que não combinaram onde se encontrar depois. Quer gritar para ele, mas é muito perigoso. Pelo som dos passos, você percebe que o homem que está te seguindo dobrou a velocidade.

O vento do trem sobe a escadaria, bagunçando seus cabelos. Você olha para cima mais uma vez antes de descer. A mulher está indo para a estação de metrô.

Ela vê Rafe, mas continua na sua direção. Você termina de descer as escadas, dois degraus de cada vez, aterrissando com tudo no chão. O balcão de informações está vazio. Você apoia as mãos nos dois lados da catraca e passa as pernas por cima.

Só ouvir o barulho do trem e o rangido dos freios traz de volta o pânico do dia em que acordou. Seus músculos ficam tensos. Quando o trem para na estação, você corre até o fim da plataforma.

Você não consegue ver os caçadores. Você espera que eles tenham desacelerado nas catracas. Vai para os fundos do trem. Atrás do último vagão, há uma superfície de metal de apenas trinta centímetros. Três correntes, na altura de sua cintura, separam-na. Há espaço suficiente apenas para você ficar ali, escondida atrás da porta dos fundos.

Este é um trem subterrâneo no sentido Brooklyn. Próxima parada, 103rd Street. Afastem-se das portas, por favor.

Você se agarra nas correntes e passa a perna por cima delas. Aperta-se junto à porta dos fundos, abaixa sob a janela, e respira fundo.

CAPÍTULO DOZE

O TREM SEGUE ADIANTE, DEIXANDO A PLATAFORMA para trás. Você não vê os caçadores na estação, nem descendo as escadas, mas sabe que estão na sua cola. Podem até já ter entrado no trem.

Você se agarra nas correntes e espia pela janela quadrada do último vagão. O caçador está na outra extremidade do vagão, com a mão sobre a porta de metal que leva ao compartimento seguinte. Nada nele te parece familiar. A camisa social azul-clara está enfiada dentro das calças, os cabelos castanhos estão bem penteados, o paletó continua sobre o braço direito. Ele parece ter trinta e poucos anos. Passa pela porta e continua caminhando pelo trem.

Está procurando por você.

Você puxa a mochila e se abaixa, pegando o canivete escondido no fundo. Mesmo lavando o cabo diversas vezes, ainda está manchado com o sangue de Goss, com pontos marrom-avermelhados ressecados nas ranhuras. Você o segura. Se ambos os caçadores conseguiram entrar no trem, o canivete será inútil.

Quando o trem para na primeira estação, você permanece completamente imóvel, imaginando se os caçadores vão descer.

Próxima parada, 96th Street. Afastem-se das portas, por favor.

Quando o trem parte novamente, eles não estão na plataforma. Ainda estão dentro dos vagões, em algum lugar. Você continua escondida no fundo. O trem passa por mais duas estações, depois quatro. A cada parada, você verifica a plataforma e não os vê. Ainda estão no trem.

Vão te encontrar, se continuarem procurando. Você pega na maçaneta da porta dos fundos. Está trancada. Quando olha novamente pela janela, a caçadora está no vagão seguinte e você consegue vê-la de perfil enquanto ela observa os passageiros. Ela ignora o jovem lendo e a mãe que empurra um carrinho de bebê para frente e para trás, tentando acalmar a criança. Ao abrir a porta do compartimento seguinte, ela olha para trás uma última vez. Você se abaixa, mas é tarde demais. Ela te viu.

O trem se movimenta em alta velocidade escuridão adentro. Você se abaixa e reza para ouvir a pressão dos freios, sinalizando a próxima parada. Outro trem passa em alta velocidade, fazendo barulho e muito vento, e você tenta ficar menos visível, pressionando o corpo contra a fria plataforma de metal. Espera que uma bala atravesse a porta a qualquer segundo. Se ela tiver um silenciador, pode mirar bem no centro, esperando o trem encobrir o ruído.

Em vez disso, a porta se abre. A mulher coloca o cano da arma na abertura e quase consegue passar a mão, até que você a acerta, com esperança de ter quebrado o pulso dela, que geme de dor e puxa a mão de volta. Você fecha a porta e pressiona a maçaneta com o pé para mantê-la fechada.

Você a sente forçando a porta. Estica a perna, colocando todo o peso do corpo contra a maçaneta para mantê-la fechada. Alguém diz alguma coisa dentro do vagão, e então você ouve o bem-vindo som dos freios. A luz fluorescente da plataforma é um alívio.

Estação 42nd Street.

Nos dez segundos entre a parada do trem e a abertura das portas, você guarda o canivete de volta no bolso e pula as correntes. Pula quase um metro até a plataforma. Antes mesmo que ela consiga sair do trem, você já se misturou à multidão.

Alguém está tocando *reggae*. O teclado cria uma melodia estranha e animada. Quando você chega à escada rolante, sobe dois degraus de cada vez, disparando a toda velocidade pelas pessoas que estão descendo. Um bando de turistas com camisetas da Igreja da Natividade. Um sem-teto com dois carrinhos de supermercado repletos de sacos plásticos. Suas pernas estão queimando quando chega ao topo, mas você respira fundo e segue para uma das saídas. Um grupo está reunido em volta de uma orquestra de lata. Uma dúzia de pessoas apontam câmeras para o cantor. Você protege o rosto, cuidando para que ninguém te filme.

Você vê a mulher primeiro, surgindo sob a placa luminosa que indica METRÔ. Você tem quase dez metros de vantagem sobre ela, mas ela vem na mesma direção, descendo a 42nd Street. Há uma sala de cinema, fileiras de restaurantes, locais grandiosos e cartunescos, com toldos brilhantes. Mesmo sabendo que vai chamar a atenção, você começa a correr, pois acredita que tem mais chances de fugir do que de se esconder.

Segue para o leste, e, em alguns minutos, chega à Times Square. A região está lotada. A cada metro e meio, alguém tenta te entregar alguma coisa.

– Venha ao nosso restaurante, experimente o especial do dia.

– Posso fazer uma pergunta sobre seu cabelo?

– Você gosta de comédia?

Quando chega perto da esquina, olha para trás. Ela está te perseguindo. Ziguezagueia em meio às pessoas, oferecendo desculpas apressadas e envergonhadas enquanto tenta te alcançar.

Você vira para a esquerda em uma rua larga. Há uma viela em frente. Antes que ela dobre a esquina, você corta caminho pelos fundos de um prédio procurando um jeito de entrar. Há uma escada de emergência enferrujada atrás de uma caçamba de lixo. Você segura a ponta e sobe até o terceiro andar.

Você a vê passar correndo pela rua. Ela verifica a viela e continua. Você sobe mais um andar, depois outro, com a palma das mãos queimando por segurar forte no metal. Quando chega no terraço, está exausta. Há um outdoor anunciando uma companhia de crédito chamada Irmãos LeMarc. Você se esconde atrás da placa e deixa a sensação pesada da vertigem tomar conta ao olhar para baixo.

A mulher parou na esquina. A cinco andares de distância, não passa de uma mancha de cabelos vermelhos com um boné roxo. Ela anda de um lado para o outro, nervosa. Mesmo quando o sinal abre, ela não sai do lugar. É difícil dizer se está falando ao telefone, mas uma de suas mãos está levantada e a cabeça inclinada. Ela te perdeu. Prestes a se sentar e esperar o resto da hora passar, você avista um homem atravessar a rua e se juntar a ela.

É outro cara. Esse veste camisa social preta e calças. Careca, de óculos escuros. Ele passa os olhos pela rua. Só depois de um ou dois minutos, o homem do trem chega ao quarteirão, aproximando-se pelo outro lado. Os três se encontram na esquina. O homem de óculos escuros gesticula, e a mulher mostra o telefone para eles.

De repente, fica claro que não se trata apenas de um caçador e um Articulador, ou uma pessoa enviada pelo GAA para te matar... é algo diferente. Algo maior. Outro homem, mais jovem, parou para falar com eles. Ele também pega o telefone. Há quatro deles agora.

Você põe a mão no bolso da calça, tateando em busca do celular descartável. Se eles foram informados de que Goss está na prisão, devem saber que foi você que o colocou lá e suspeitar que você tentou expô-los. Você se lembra de Rafe passando pela mulher, o modo como ela o viu e continuou, preferindo ir atrás de você. Ele teria sido um alvo mais fácil. Ela poderia tê-lo seguido até o parque. Poderia tê-lo matado sozinha.

Você visualiza o grupo se dispersando na calçada. Todos observam a multidão, analisando o rosto dos estranhos que passam, verificando lojas e restaurantes. Eles não pararam de te procurar.

CAPÍTULO TREZE

BEN OLHA PELA JANELA DO CARRO. DA 105th Street, não consegue ver muita coisa, apenas os trilhos de concreto do trem no alto e as autoestradas ao longe, dando voltas umas sobre as outras. O sol está obscurecido pela poluição.

– Estamos indo para o aeroporto? – Ben pergunta. O motorista é um homem muito magro, de meia-idade. Ele não responde. Não disse nada desde que saíram da casa. – Não é difícil descobrir – Ben diz. – Estamos pegando a 110th, depois a 105th. Você está me levando para o aeroporto internacional.

Sem resposta.

Disseram-lhe para fazer uma mala para três dias. Foi a única coisa que o fez se sentir melhor quando o homem apareceu às sete horas da manhã. Não pediriam que fizesse uma mala se fossem matá-lo.

Pelo menos, ele achava que não.

Ele sabia que era apenas uma questão de tempo até o GAA aparecer. Assim que Sunny foi embora, ele ficou só esperando para ver o que fariam com ele. O contato do GAA havia ligado duas vezes para perguntar onde ela estava. Se tinha notícias dela. Onde ela estava quando ele a viu pela última vez. Ben lhes contou a verdade, na medida do possível. Disse que ela tinha passado na casa dele, que parecia preocupada. Não soube mais dela desde então.

O motorista pega a saída da Sepulveda Boulevard. Ben quase faz um comentário, mas decide ficar quieto. A única pergunta agora é para onde vão mandá-lo. Por uma fração de segundo, ele considera a possibilidade de o estarem levando a algum lugar para uma caçada... de que talvez pudessem usá-lo como outro alvo. Ele seca as mãos na calça, ainda dolorida no local em que Sunny bateu com a porta.

O carro retorna, passando pelo aeroporto e parando em uma lanchonete. Um adolescente com boné branco e avental vermelho anota os pedidos de uma fila de carros que vai até a rua. O motorista escolhe uma vaga no fundo do estacionamento, perto de uma BMW prateada. Ben tenta olhar a placa, mas não há nada. Apenas um pequeno pedaço de papel preto que diz Glendale BMW.

Um homem sai do carro e abre a porta de trás, sentando-se ao lado de Ben no banco de couro. Uma lufada de ar morno entra junto com ele. É início de outubro, mas o dia está muito quente, faz quase quarenta graus. Quando Ben olha para ele, tem a vaga sensação de que o conhece. O homem agora está mais velho, com cabelos brancos e finos e uns cinco quilos a mais que podem ser percebidos no rosto e no pescoço. Ben já o viu antes. Era um amigo do pai dele.

– Benjamin – ele diz. – Não vejo você desde que tinha dez anos e pilotava um helicóptero de controle remoto no quintal.

Ele estende a mão para Ben.

– Isaac.

Ben se lembra daquele helicóptero. Quase consegue ver Isaac aquele dia, ali na cozinha, sentado com seus pais. Ele estica o braço e aperta a mão do homem, já o odiando. O que ele quer? O que vai precisar fazer para eles dessa vez?

– Aquela garota que você estava vigiando para o GAA... – ele diz. – Estamos preocupados. Ela desapareceu, e acho que te contaram, ela é sobrinha de um dos executivos.

Ben sabe da história. Foi o que disseram quando pediram que ele a conhecesse. Também sabe que é mentira.

– Sim, a Sunny. Nós ficamos amigos.

– Sunny? – Isaac pergunta. – Ela está usando esse nome agora?

Ele está de terno, apesar do calor. Pega o celular no bolso da frente do paletó. Abre uma foto e entrega o aparelho para Ben.

É ela, de perfil. Está se escondendo da câmera, olhando para a esquerda, sem notar a pessoa que tirou a foto. Os cabelos longos e pretos estão trançados de lado, cobrindo a cicatriz.

– É a Sunny... ela mesma.

– Ela foi vista em Nova York pela manhã. Precisamos encontrá-la o quanto antes. Ou, devo dizer... queremos que *você* a encontre.

– Eu?

– Ela te conhece, e achamos que você tem mais chance de conseguir falar com ela. A garota foi vista no Upper West Side. Podemos te mandar atualizações por mensagens de texto se a virem em outro lugar. Temos algumas pessoas em campo procurando por ela. Vamos te dar alguns dias. Avise assim que estabelecer contato.

Isaac coloca a mão no bolso do paletó e pega a passagem. Está com o nome de Ben. Primeira classe. Los Angeles a Nova York. Chegada às 18h12. Isaac também entrega um maço de notas de cem dólares e um cartão com um número de telefone.

– Deixe o celular ligado.

Então ele sai do carro. Abaixa-se, olhando fixamente para Ben.

– Sempre gostei de você – ele afirma. – Por isso, deixe eu te dar um conselho. Faça tudo o que o GAA pedir, sem perguntas. Entendeu?

Ben assente, mas Isaac já bateu a porta atrás de si.

CAPÍTULO CATORZE

VOCÊ FICA NA SOMBRA DOS PRÉDIOS, com o boné enterrado de modo a cobrir seus olhos. Acabou de roubar uma roupa – um suéter preto simples e calças jeans – e trocou a mochila por um modelo bege, franzido em cima, pendurando as alças de corda em um dos ombros.

Não há uma maneira fácil para encontrar Rafe. É perigoso demais procurar perto das quadras de basquete, principalmente agora que sabe que vários caçadores estão atrás de você. Foi estupidez não marcar um ponto de encontro.

Os quatro caçadores cercaram o quarteirão durante duas horas, até que dois deles seguiram na direção norte e os outros foram verificar as vielas ao redor do prédio. Ninguém pensou em simplesmente olhar para cima. Você ficou no telhado até escurecer, até se sentir segura o bastante para descer. Está procurando Rafe pelas ruas desde então, mas é impossível achar alguém nessa cidade.

Você acelera o passo. A biblioteca fica na rua de cima. É difícil não vê-la, exatamente como uma mulher na rua a descreveu. "Quinta Avenida. Dois leões de pedra na frente. Ocupa praticamente o quarteirão inteiro." O parque atrás do grande edifício de pedra está lotado. O gramado, coberto de toalhas de piquenique e cadeiras, famílias e casais. Você sobe os degraus de mármore. Na entrada, um guarda levanta a mão quando você passa.

– A mochila...

Você a coloca na frente do corpo, ocultando o pequeno bolso que esconde seu canivete. O *spray* de pimenta já era. O dinheiro está no bolso da calça, mas ainda é difícil vê-lo vasculhar suas coisas, com as mãos na sua camiseta reserva, seu cobertor, o vestido e a echarpe que usou no trem.

Quando termina, ele dá um tapinha na lateral da mochila.

– Fechamos em meia hora.

– Só preciso de quinze minutos. – Você passa por ele e entra, mantendo a cabeça abaixada para evitar as câmeras de segurança enquanto se direciona à escadaria da esquerda. O lugar é gigantesco. Parece mais um museu que uma biblioteca. Teto alto de mármore, arcos de pedra, painéis de madeira entalhada. As escadas continuam: um lance abrindo para uma galeria; outro, para um longo corredor com algumas salas menores. Leva um tempo para você encontrar os computadores no terceiro andar.

Sala de leitura Rose. Todas as paredes são recobertas por enormes painéis de madeira entalhada de mais de dez metros de altura. Lustres pendem de um teto pintado. Sob eles, fileiras e mais fileiras de mesas e cadeiras de madeira. Mesmo que a biblioteca esteja para fechar, ainda há dezenas de pessoas nos computadores. Você se senta diante da primeira máquina livre que encontra.

Não vê Rafe há mais de 24 horas. Ele disse que tinha visto o anúncio original de Connor nos classificados, então é possível que pense em olhar ali de novo. Você entra no site e publica um anúncio pessoal com o título *Você se sentou na minha frente no trem*, na seção "Cadê você?". Menciona que gosta de levar seu cachorro para passear no Washington Square Park, um lugar por onde passou no dia anterior, a caminho do centro. O bairro pareceu movimentado o bastante para que você pudesse ficar na região por alguns dias, escondida, esperando Rafe aparecer.

– Quinze minutos para fechar. Por favor, retirem seus pertences no guarda-volumes da recepção – um funcionário anuncia do outro lado da sala. As duas garotas sentadas ao seu lado guardam seus *notebooks* na bolsa, mencionando algo sobre uma festa no Colégio Trinity. Na saída, elas zombam de uma menina chamada Versailles.

Você publicou o anúncio para Rafe. Só precisa fazer mais uma coisa agora...

Observa o cursor piscando e te encorajando a digitar. Suas mãos pairam sobre o teclado, incertas. Você quer saber se seu irmão está por aí, vivo e bem. Mas e se o GAA o encontrou? Eles o usariam para te atrair? Será que procurá-lo poderia colocá-lo em perigo, se é que já não estava?

O funcionário próximo à porta grita novamente, dizendo a todos que vão desligar os computadores. Você não pensa. Apenas digita. *Chris Marcus e Lena Marcus.* Aparecem milhões de resultados, nenhum deles familiar. Você tenta *Chris Marcus, Lena Marcus, desaparecida, Cabazon.* E encontra. Um clique leva a uma página bem básica, com apenas algumas linhas de texto e uma fotografia.

LENA MARCUS ESTÁ DESAPARECIDA DESDE 8/5/2014.

Você não consegue parar de olhar para a fotografia. Parece

mais nova, com catorze, quinze anos. Os cabelos estão enrolados, com cachos pequenos, presos no alto da cabeça. Você usa um vestido azul brilhante. Está sorrindo. A pessoa ao seu lado foi cortada da foto. É estranho ver a si mesma tão feliz.

Você fica olhando para o endereço de e-mail abaixo, *chrismarcus*. Seria tão fácil escrever para ele e avisar onde está. Esse tempo todo, ele esteve esperando que você entrasse em contato, que voltasse.

Porém, tentar se comunicar significaria colocá-lo em risco. Se eles ainda não tinham encontrado o site, logo encontrariam. Uma parte sua deseja que Rafe nunca lhe tivesse contado seu nome verdadeiro. De certa forma, não saber era mais fácil.

Você está fechando as janelas do programa quando alguém surge por trás. As roupas dele estão amarrotadas, os cabelos desgrenhados, os cachos escuros caem sobre sua testa. Você demora um instante para reconhecê-lo.

Ben.

– Não toque em mim – você diz, quando ele se senta ao seu lado. – Eu vou gritar.

– Não vai. – Ele se aproxima, abaixando o tom de voz. – Preciso falar com você, Sunny. Em algum lugar privado.

Você não consegue ver se ele está armado. A camisa é larga demais para enxergar a parte de trás da cintura. Você ainda tem tempo para fugir. Mesmo se ele te seguisse, precisaria matá-la aqui, no salão principal, onde qualquer um poderia ver.

Você se levanta, empurrando a cadeira. O funcionário está ocupado do outro lado da sala, desligando os computadores. A três metros de distância, um casal guarda uns livros. Você anda na direção da porta o mais rápido que pode, sem correr. Desce as escadas, mas há uma longa fila de pessoas esperando para sair. Você está presa. Ele puxa sua mochila por trás.

Não há nenhuma boa forma de se defender, e você segue para um recuo no alto das escadas. Ben vai atrás. Você tenta acertá-lo, mas ele segura seu pulso e te puxa para perto. De repente, ele está a poucos centímetros do seu rosto, e seus olhos verde-acinzentados encontram os seus.

– Sunny, pare. Eu não vou te machucar.

– Até parece.

Com o braço livre, você acerta a cara dele com toda a força. Ele cambaleia para trás, atordoado. Você aproveita aqueles segundos para se soltar e se vira para as escadas.

– Espere. Veja. – Ele levanta a ponta do moletom para mostrar que não está armado. – Você não pode ir – ele diz. – Tem uma caçadora a menos de uma quadra daqui. Ela está te procurando.

Você continua, descendo mais um degrau.

– E você está aqui para ajudá-la.

– Estou aqui para *te* ajudar. – Ben tira o cabelo do rosto, com o olhar agitado. – Sunny… eu te amo.

CAPÍTULO QUINZE

Ele está meio iluminado pela luz das escadas. Aqueles olhos, aqueles lábios grossos e carnudos. A pele sardenta que você toca com a ponta dos dedos, contornando as linhas do rosto.

– Não podemos conversar aqui – ele repete, olhando para um segurança que passa. – Por favor...

– Você tem um minuto. Depois eu vou embora.

– Só diga onde.

O anúncio se repete. Cinco minutos para o fechamento. Você desce as escadas, ciente de que ele está bem atrás e do risco que está correndo. Uma placa à esquerda diz sanitários no andar de baixo. Você passa por um grupo de estudantes e desaparece no piso térreo da biblioteca. Não há nenhum guarda nem outro frequentador.

Você não diz nada até tirar o canivete da mochila e prende-o na cintura, a postos.

Ben levanta as duas mãos.

– Relaxe... não vou fazer nada.

– Não me diga para relaxar. Você mentiu pra mim. Todo o tempo que passei na sua casa estive em perigo.

– Se eu quisesse te entregar pra eles, não acha que já teria feito isso? – Ben pergunta.

– Então o que você quer? Veio até Nova York só pra dizer "oi"?

Você queria que houvesse um modo mais fácil de saber por que, exatamente, ele está aqui. É impossível acreditar em qualquer coisa que ele diga. Por quanto tempo teria escondido o GAA de você? Será que fugiria mesmo com você aquele dia? Por quanto tempo poderia simplesmente continuar fingindo que estava apenas tentando ajudar?

Ben passa a mão no rosto, onde você o acertou, olhando para o chão.

– Estou aqui porque me mandaram. Eu tinha que ajudá-los a encontrar você. Eles acham que eu ainda trabalho pra eles. Não contei que estou com você nesse exato momento.

– Minha nossa, Ben – você ironiza. – Como você é generoso.

– Você precisa de uma explicação. – Ben tira o cabelo do rosto com as duas mãos. – Sei que te devo isso. Mas eu não tinha noção do que se tratava até que fosse tarde demais.

– E onde está? A explicação?

Ele demora um instante para olhar em seus olhos.

– Meu pai cuidava das finanças do GAA. Grupo Artemis & Acteon, esse é o nome completo. Eu não tinha a mínima ideia disso quando era criança. Mas, depois que ele morreu, descobrimos que ele estava desviando dinheiro. Minha mãe não sabia o que fazer. Na época, acreditávamos que se tratava de uma empresa idônea, e que podiam processar a gente e tirar a casa de nós. Tudo começou a desmoronar.

Ele faz uma pausa, respirando fundo e devagar.

– Foi quando me fizeram a oferta. Disseram que eu trabalharia pra eles por um ano e tudo estaria resolvido. E, sim, talvez eu tenha sido idiota de pensar que podia consertar as coisas, ou impedir que minha mãe se autodestruísse... mas eu tentei.

É tão tentador acreditar. Ele está olhando para você com olhos acinzentados e hesitantes, implorando.

– O que pediram pra você fazer? – você questiona.

– Apenas passar um tempo com você – ele diz. – Só isso. – "Fique um pouco com essa garota." E depois me ligaram algumas vezes pra saber como você estava. Um dos caras que me contratou, ele disse que se chamava William, fingiu que você era sobrinha de um dos figurões da empresa e que estava com problemas. Só queriam saber se você estava bem.

– Você achou que uma empresa idônea te pediria pra pagar uma dívida *passando um tempo com uma garota*? Não pensou que havia algo estranho nisso?

Ben dá de ombros, e sua boca se transforma em uma linha fina e incerta.

– Eu quis acreditar que seria simples assim. Queria acabar logo com isso. Que outra opção eu tinha? Procurar a polícia, dizer que meu pai estava roubando uma empresa e que eles deveriam saber? Sinto muito, Sunny, sinto mesmo, mas...

– Meu nome é Lena.

– Lena... – Seu nome parece estranho vindo dele. – Como descobriu?

– Encontrei uma pessoa que me conhece de verdade, Ben. Alguém que estava na ilha comigo. Foi isso que eles fizeram: levaram a gente pra lá, pra ser alvo de uma *caçada*, para nos matar. É para essa gente que você está trabalhando.

Ele fixa o olhar no chão. Quando finalmente levanta o queixo, está com os olhos molhados.

– Eu juro pela minha vida que não tinha ideia de que se tratava disso. Eu nunca teria concordado. Você precisa acreditar em mim.

– Mas como? Como posso acreditar? – Ao dizer essas palavras, você sente a ferida da traição ainda aberta. Ele mentiu o tempo todo quando você estava na casa dele, quando você o beijou, quando dormiu ao lado dele. Todas as vezes que ele olhou para você, estava mentindo.

– Sinto muito. – Ben apoia a mão em seu braço. Você não deixa. Não quer sentir o calor do toque dele. – Não vou deixar que te machuquem.

Outro anúncio rompe o silêncio. *A biblioteca está fechada*. Você se afasta dele. É sua última chance de sair. Em alguns minutos, ficará presa lá dentro.

Ele aponta para o corredor.

– Nós não podemos ir... ainda não.

– Nós?

– Uma caçadora já te viu na região. Eles me mandaram um alerta. Se eu notei que você entrou aqui, ela também deve ter notado.

– Como você me encontrou?

– Saiu um boletim dizendo que você estava em Nova York, com uma foto sua na região norte. Alguns deles estão trocando informações. Teve um que te viu seguindo para o leste na 40th Street há uma hora. Todos estão te procurando.

– Então agora eu tenho que passar a noite na biblioteca com você, esperando que você não me mate?

– Você sabe que não vou fazer isso. – Ele olha para trás, na direção da escadaria. – Só que eles vão.

Você odeia admitir, mas ele tem razão.

– Então vamos ficar aqui... mas onde? – Você verifica as portas ao longo do corredor. Depois, guarda o canivete e faz um gesto para Ben ir na frente. As duas primeiras portas dão para salas de reunião, mas ambas estão trancadas. A terceira é uma sala com algumas estantes cheias de caixas-arquivo de papelão. As luzes estão apagadas. Tudo está coberto com uma fina camada de poeira. Ben entra e se esconde atrás de uma fileira de caixas nos fundos. Você volta a ouvir o anúncio. *A biblioteca está fechada.*

– Podemos dormir aqui – ele diz. – Ninguém vai inspecionar um depósito empoeirado. Amanhã, saímos logo cedo.

Você se senta ao lado dele, puxando a mochila para a frente. É impossível saber se ele está mentindo. Contudo, entre Ben e um caçador do lado de fora, ele apresenta menor risco.

– Como soube que eu estava na biblioteca?

– Eu estava na escadaria quando você passou. O boné pode confundir algumas pessoas, mas eu sabia que era você. – Ele estende o braço e toca a ponta de sua trança. Você a colocou de lado para esconder a cicatriz.

– É tão óbvio assim?

– Só pra mim. – Ben sorri. Ele apoia a mão sobre seu joelho por um instante, mas logo tira.

– Ben... não.

– Não o quê? Eu falei sério aquela hora. Eu não precisava ter entrado naquele avião. Podia ter fugido. Mas precisava te ver de novo.

– Você não pode fugir do GAA. Se descobrirem que está envolvido comigo, eles vão te matar. Não quero que se transforme em mais um alvo.

– Ninguém vai descobrir. Eu estou me comunicando com eles. Estou sendo cuidadoso.

Você suspira, abraçando os joelhos junto ao peito. A sala está escura.

– Então diga que tentou me encontrar e não conseguiu. É a melhor forma de me ajudar. Não quero ser responsável por você.

– O risco é meu, não seu. Eu tomei essa decisão. Isso não precisa terminar com a morte de um de nós – ele diz. – Pode simplesmente acabar... podemos acabar com isso.

– Ah, é? – você pergunta. – E como isso vai acontecer?

Uma sombra passa na parede, sobre sua cabeça. Você levanta a mão, fazendo um gesto para ele ficar em silêncio.

Ele muda um pouco de posição, espiando detrás das caixas, tentando ver pela janelinha da porta. Os passos ecoam pelo corredor.

Você vai até a ponta da estante, aproximando-se da porta. Não tem tranca. Não há como travá-la. Você fica em pé, espiando pela janela.

– Quem é? – Ben pergunta, observando sua expressão.

Você respira fundo. A caçadora olha dentro de uma sala do outro lado do corredor, depois passa para a seguinte. Está com a mão direita diante do corpo, com o cano da arma visível.

CAPÍTULO DEZESSEIS

– Você contou pra ela! – você exclama, virando para Ben e empurrando-o contra a parede. Sua mão está na garganta dele, fechando a traqueia. – Você mentiu.

– Do que você está falando? – Ben se mexe, tentando recuperar o fôlego. Ele vê a mulher por sobre seu ombro. Ela tem cabelos curtos e loiros. Vira à esquerda no fim do corredor e fica momentaneamente fora do campo de visão. – Não contei, eu juro.

– Precisamos ir. Agora! – Você o solta, pega a mochila e empunha o canivete. – Você tem alguma coisa?

– Está perguntando se tenho uma arma? – Ele sacode cabeça, confuso. – O qu... não. Por que não podemos simplesmente ficar aqui?

– A porta não tem tranca, e não temos nada pesado para fazer uma barricada. Se ela entrar, estamos mortos. Fique bem atrás de mim – você diz, vendo a expressão de Ben mudar. Ele é uns trinta centímetros mais alto que você, e mais largo, mas parece hesitante.

Você vira a maçaneta, abrindo a porta da maneira mais silenciosa possível. Ben te segue e vocês saem pelo corredor, em direção à entrada principal. Quando você chega ao alto da escadaria, vê um dos seguranças no saguão. Ele já fechou as portas com correntes e está indo para a escadaria do lado oposto, desaparecendo.

– Não tem nenhuma maneira fácil de escapar – você diz. – Vamos ter que encontrar uma saída de emergência, algum lugar que não esteja trancado.

Juntos, vocês sobem a escadaria de pedra, percorrendo cada lance em silêncio. Estão quase no terceiro andar quando a caçadora aparece no fim dos degraus, erguendo a arma. Você corre para o canto, fora do alcance dela, puxando Ben.

– Ali, aquela sala – você diz, apontando para uma porta à frente. Sai correndo, com os tênis rangendo sobre o piso. A sala é ampla, com um balcão de informações gigantesco no centro. Há seis estantes enormes de um lado, ocupando toda a sua extensão. Você se esconde atrás de uma delas, observando a entrada através dos vãos nas prateleiras. Respira fundo e lentamente, tentando se acalmar.

– Não se mexa – você sussurra para Ben. A caçadora entra, de arma em punho. Ela dá a volta no balcão, olhando atrás dele, depois embaixo. A saída fica livre por um instante. Vocês poderiam tentar passar correndo, mas é improvável que ambos consigam sair antes que ela dispare.

Ela se aproxima das estantes.

– Saiam, saiam, estejam onde estiverem – ela anuncia. O tom é de brincadeira, como se estivesse cantando. Você sente calafrios. Empurra Ben na direção da saída e levanta o canivete, sabendo que sua única chance é surpreendê-la quando ela chegar perto. Você precisa pelo menos tentar pegar a arma.

O carpete abafa o som dos passos da caçadora. Você mantém a lâmina do canivete abaixada. De repente, ela surge no canto da estante, desferindo um golpe certeiro na lateral de seu rosto. A dor toma conta de seu maxilar e você perde o equilíbrio, caindo.

Do chão, você movimenta o canivete, errando a mão dela por pouco. Ela dá um passo para trás, ficando fora do seu alcance, com o cano da arma apontado para a sua testa. Se você se aproximar, ela vai atirar.

Você a encara, e percebe naquele olhar frio o prazer de te ver no chão, indefesa.

– Então você é o Pássaro Negro – ela diz. É mais velha do que você imaginava, tem cerca de cinquenta anos, com linhas de expressão profundas em volta da boca e dos olhos. – E eu que terei a honra...

O dedo dela se aproxima do gatilho e você se contrai, esperando ouvir o tiro. Mas antes que ela consiga atirar, Ben a ataca. Ele a empurra para o chão e você perde a arma de vista. Enquanto eles lutam, ouve-se um disparo.

Ben ainda está em cima da mulher, acertando um golpe na lateral do rosto dela, deixando-a inconsciente. Ele deita sobre o carpete e solta um suspiro baixo e abalado. Você fica sem fôlego. Tem sangue no corpo dele. Ele foi atingido.

– Ela não é a única – ele afirma. – Vá! Você precisa fugir.

CAPÍTULO DEZESSETE

– Eu não vou te deixar aqui – você diz, enquanto a mancha de sangue se espalha pela camisa dele. Ele pressiona a lateral do corpo, logo abaixo das costelas, tentando conter o sangue.

A mulher está praticamente inconsciente, contorcendo o rosto de dor. Ela está com a mão na cabeça, onde Ben a golpeou. Você pega a arma e remove a munição, jogando-a do outro lado da sala.

Você não encontra nada nos bolsos dela, mas tira uma foto com seu telefone, esperando que Celia possa identificá-la depois. Então agarra o pescoço dela, aplicando pressão suficiente para chamar a atenção. Sabe que precisa dar o fora dali, mas essa pode ser sua única chance de obter respostas.

– Quem é o responsável pelas caçadas? Há quanto tempo elas acontecem?

A mulher levanta as mãos para segurar seus pulsos, mas está fraca para lutar. Ela geme e não diz nada.

– Vamos, temos que ir – Ben diz, tentando se levantar. – Não temos tempo. Ela deve ter enviado um alerta assim que entrou aqui.

Você a solta, olhando para ela com repulsa. Jogando a mochila no ombro, ajuda Ben a ficar em pé. Enrola sua echarpe no ferimento para tentar estancar o sangramento.

Ele está lento, mas seus passos são firmes, e vocês não demoram muito para chegar à porta. O corredor está vazio, mas você escuta alguém falar ao telefone. O segurança deve ter ouvido o disparo. Não tem saída no andar de cima, então vocês voltam a descer as escadas, seguindo para os banheiros do térreo. No fim do corredor, há uma saída de emergência. Você a empurra, e o alarme dispara quando vocês saem para a 42nd Street.

– Um táxi. – Ben aponta com a cabeça para o trânsito. – É nossa única chance de sair daqui.

Ele se vira, ocultando a mancha na camisa. Você faz sinal para o primeiro táxi que vê. Ele passa direto, com o banco de trás ocupado. Outro carro passa, depois mais dois, e vocês só conseguem entrar no quinto. Vocês ouvem o som de sirenes se aproximando assim que partem.

– Para onde? – o motorista pergunta.

Ben se inclina para a frente, escondendo o ferimento.

– Para o centro – ele diz. – O mais rápido que puder. A gente avisa quando chegar.

Em última instância, "centro" significa um hotel no Soho. Ben vestia seu agasalho de moletom quando entrou. Para conseguir um quarto, usou uma identidade falsa com a foto dele e o nome Kurt Clement. Região de Bethesda, estado de Maryland.

– Eu sou de libra. – Ele aponta para a data de nascimento.

– Você é um idiota. – Você tira o agasalho dos ombros dele, ajudando-o a passar o braço pela manga. A camisa está rasgada bem abaixo das costelas, e o sangue se espalha pelo tecido cinza.

– Ela ia te matar.

– Então atirou em você no meu lugar. Foi um golpe de gênio o que você fez lá. – Você pega uma toalha no banheiro e a coloca sob a torneira, deixando a água fria anestesiar suas mãos. Quando volta, Ben está sentado com as mãos sobre os joelhos. Ele respira fundo e lentamente.

Você está com medo de ver o ferimento. Sabe que a bala não está mais dentro dele; viu quando ela atingiu a estante de livros, fragmentando a madeira. Mas ele ainda está sangrando.

Você levanta a barra da camisa e ele faz uma careta, mordendo o lábio. O tecido está ressecado, um pouco colado na pele. Quando o retira, enxerga o corte na lateral do corpo dele.

– Ainda bem.

– Ainda bem? – ele pergunta.

– Pensei que estivesse pior. É pele, só isso. Pegou de raspão.

Ben olha para o pedaço de pele que está faltando. O corte tem mais de sete centímetros, mas é estreito. O tecido rosado está exposto.

– É mais do que apenas pele, Sunny.

– Lena – você lembra.

Você se aproxima, protegendo-se do cheiro de sangue. Pressiona a toalha fria e limpa no ferimento.

– Fique segurando.

Você se senta ao lado dele na cama e uma lembrança surge sem aviso.

Você está com Rafe, embrenhando-se no meio da floresta. Ele sobe uma colina íngreme; as folhas estão escorregadias após uma noite de chuva forte.

– É o único caminho – ele diz. – Não podemos voltar.

Você não consegue parar de olhar para ela enquanto caminha. O corpo está no pé da ribanceira há pelo menos dois dias. Ela está com o rosto virado para baixo, meio encoberta pelas folhas caídas. Dá para ver a pele das pernas dela, inchadas e escuras, com todas as veias à mostra. A chuva lavou parte do sangue, mas o cheiro ainda está lá. Você cobre o nariz com a camiseta.

Ao passar por ela, você se esforça para manter o ritmo, apoiando-se no tronco de uma árvore, depois em um emaranhado de ramos grossos. A parte de cima da cabeça dela é um bolo de cabelos ensanguentados. O odor é insuportável. "Continue andando", você diz a si mesma. Concentra-se na vegetação rasteira, na lama que suga a sola de seus sapatos.

– Não olhe – Rafe grita.

A lembrança é tão forte que você precisa se deitar. Pensa em Rafe e na última vez em que o viu, correndo na direção do parque. Se estiver vivo, onde ele está? E, mesmo que ele tenha conseguido ver sua postagem, como vai chegar a ele? Não pode deixar Ben sozinho... não agora.

Ben levanta a toalha, analisando o ferimento.

– Está queimando – ele diz. – Parece que eu estou pegando fogo.

– Você não pode ficar aqui, Ben. Precisa sair da cidade. Eu vou te ajudar a voltar para o aeroporto, mas você precisa ir o quanto antes.

– Ir pra onde? Voltar pra Los Angeles, pra minha casa? É tarde demais.

– Você pode se esconder – você diz. – Ou tentar explicar pra eles. Mentir, não importa.

Você pega a toalha, usando a ponta para limpar o sangue d[illegible] pele dele. Passa o tecido das costelas até as costas.

– Depois que você foi embora, aquele dia, eu não sabi[illegible] fazer. Pensei em chamar a polícia, em contar tudo o que eu sabia sobre o GAA. Olhei todos os arquivos no escritório do meu pai. Fiquei dirigindo durante horas, esperando te encontrar, esperando que você ainda estivesse por perto. Então eles apareceram, dizendo que sabiam onde você estava. Fiquei aliviado por descobrir que estava viva. E sabia que, se te encontrasse, poderia te ajudar a colocar um fim nisso.

– Não seja bobo, Ben. – Você devolve a toalha. Ele está olhando para você, mas você não consegue olhar nos olhos dele.

– Dr. Reynolds.

– Quem?

– Dr. Richard Reynolds. Ele é neurologista no Hospital Bellevue.

– O que isso quer dizer?

Ben tira uma folha de papel dobrada do bolso.

– O GAA foi procurar os papéis do meu pai depois que ele morreu. Eles levaram quase tudo. Mas a cópia de um cheque pago a Reynolds acabou ficando em uma gaveta. Eles não devem ter visto. Então eu pesquisei. Ele estava testando um supressor de memória. O GAA financiou, meu pai fez os cheques. Era usado para tratar soldados com transtorno de estresse pós-traumático, para ajudá-los a esquecer certos acontecimentos perturbadores. Parece familiar?

– Foi isso que usaram na gente.

– Exatamente. Esse cara deve saber quem são os jogadores. E ele mora aqui, em Nova York.

– Você acha que ele vai apontar o caminho para o GAA?

Se foi ele que inventou a droga e fez os testes, deve ser bem ante. Deve saber alguns nomes.

– Caso a gente encontre esse homem, vamos precisar dele vivo.

– É por isso que deveríamos ir até o hospital onde ele trabalha – Ben diz. – Pegar o cara de surpresa e conseguir o que precisamos.

Não é tão simples, você sabe disso com base no que Celia disse. Reynolds é apenas uma parte de um jogo muito mais complexo.

Mas você sentia falta disso: o eterno otimismo de Ben. Mesmo agora, com o corpo coberto de sangue, ele está tentando encontrar um jeito. Você se lembra de como era ficar tão perto dele. O leve cheiro de sabonete. Como é natural quando ele se aproxima de você, apoiando o queixo em sua testa. Você ouve a respiração dele.

Não sabe ao certo o que quer dizer, mas logo algumas palavras escapam de seus lábios antes que consiga contê-las:

– Ben... estou feliz por você estar aqui.

– Estou feliz por estar aqui também – ele diz. – Eu vou dar um jeito nisso. Prometo.

Você levanta a cabeça para observar o rosto dele. A curva do lábio superior. As sardas claras devido ao sol de Los Angeles. Os olhos dele estão úmidos. Ele olha para cima e desvia o olhar, rindo de um jeito estranho. Dá para ver que está tentando não chorar.

– Está tudo bem – você diz. – Acredito em você.

Ele solta um suspiro longo e lento, encostando a testa na sua. Então se aproxima, aproximando os lábios, passando a mão na ponta de sua trança. Ele tira o elástico e solta seus cabelos negros e ondulados. Enrola os dedos neles, com a mão na sua nuca.

– Eu te amo – ele sussurra junto ao seu rosto. – Você sabe disso. Você sabe.

CAPÍTULO DEZOITO

CINCO MIL DÓLARES É MUITO DINHEIRO. MAIS dinheiro do que você jamais viu em um só lugar, mais dinheiro do que pode imaginar gastar. Você não tem conta bancária. Para você, dinheiro são os trinta dólares que ganha quando toma conta dos filhos dos Martinez, a duas casas daqui. É a nota de dez amassada que chega a cada aniversário, junto com um cartão de princesa para crianças de cinco anos de idade, de uma tia-avó que mora em Tempe, no Arizona.

Você espalha o dinheiro sobre um edredom sujo. Mil agora, quatro mil depois que sair. Foi o que prometeram. Está tudo em notas de cinquenta, o que torna ainda mais difícil gastá-lo. Você nunca usou uma nota de cinquenta. Seria estranho trocar na loja de conveniência, para comprar um refrigerante. Você conta as notas de novo, todas as vinte, quando ouve alguém bater na porta do quarto.

Guarda tudo no bolso.

– O que foi?

Uma mulher de cabelos curtos entra. Está usando uma camisa de gola azul, com a marca de uma loja de departamentos na frente.

– O que você está aprontando?

– Nada.

– Quer me ajudar com o jantar?

Ela está sorrindo. Está se esforçando tanto.

– Tenho lição de casa...

– Espero que fique dessa vez.

Não vai ficar. Já decidiu que é temporário. Só faltam dois dias para encontrar seu contato e ir embora. Logo fará dezoito anos, e com cinco mil conseguirá alugar um apartamento para morar com Chris. Não precisará mais contar com sua tia e o namorado desprezível dela. Está cansada de ouvir os dois brigarem no quarto, ele reclamando de dinheiro. "Meu dinheiro", ele sempre diz. "Minha casa." Ele odeia ter vocês dois morando aqui.

Você sorri, imitando-a. Coloca a mão sobre o dinheiro, no bolso. Uma viagem de ida e volta em um avião particular. A primeira de muitas. Eles não disseram o que há nos pacotes, mas você não precisa saber. Não faz perguntas.

– Obrigada, tia Jess – você diz. – Por me deixar ficar aqui.

Você esqueceu a luz acesa. Esfrega os olhos, observando o quarto de hotel. Ben está dormindo ao seu lado na cama. O ferimento está coberto com uma toalha limpa, e ele está de calças jeans. O relógio no criado-mudo marca 1h38.

Você pensa no sonho, tentando se lembrar da mulher, sua tia. O dinheiro. O acordo que fez com alguém. Há mais alvos por aí. Quantos outros aceitaram o dinheiro como você? Quantos morreram na ilha, atraídos pela promessa de mais trabalhos, mais grana? Quantos sobraram?

Você desce da cama, com cuidado para não acordar Ben. Remexe os bolsos traseiros de sua calça, encontrando o bloco de notas do trem. Abre em uma nova página para escrever tudo o que se lembra do sonho, quando nota a página anterior. O grafite...

WBD + WY. As letras em *spray* vermelho perto do Morningside Park. Era um código, como aquele perto das quadras de basquete. Uma pessoa escreveu os dois, as letras tinham o mesmo estilo e a mesma cor. FK'LIN era o grafite perto do primeiro ponto de encontro.

Você escuta Ben se mexer. Ele se apoia nos cotovelos, contorcendo-se devido à dor na lateral do corpo.

– O que você está fazendo?

– W-B-D-W-Y? O que isso significa pra você?

– Eu não sei... – Ben esfrega os olhos, ainda meio sonolento.

Há um fichário sobre a mesa perto da janela. Está cheio de folhetos sobre pontos turísticos, ônibus de passeio, um guia de visitação da Estátua da Liberdade. O mapa está dobrado no final. Você acompanha com o dedo, da parte de baixo do Central Park até a ponta da ilha, verificando e reverificando cada cruzamento. Finalmente, reconhece.

Os dois pontos eram para ser lidos *juntos*.

– Qual é o problema? – ele pergunta.

– Nada. Está tudo ótimo. Tudo maravilhoso.

– Maravilhoso? – Ele franze a testa.

– Encontrei um endereço, uma esquina. Deve ser onde eles se encontram.

– Quem?

– Os outros alvos.

Você pega o mapa e tira a mochila do chão. Foi estupidez não apanhar a arma da caçadora.

Agarra o boné sobre a cômoda e o afunda até quase cobrir os olhos, certificando-se de que os cabelos estão cobrindo a cicatriz. A esquina não deve ficar a mais de dez minutos a pé daqui. Você deveria ligar primeiro para Celia, para fazer contato. São apenas 22h45 em Los Angeles.

– Você vai pra lá agora? – Ben senta sobre a cama.

– Volto em uma hora.

– Não – ele diz, pegando seu agasalho de moletom do chão. – Eu vou junto.

Celia atende no primeiro toque.

– Você recebeu a foto que eu acabei de te mandar?

– Recebi, mas está bem desfocada. É outra caçadora que foi atrás de você? Vou fazer o possível para identificá-la, mas vai ser complicado. Pela aparência, duvido que tenha ficha na polícia. Mas vou tentar.

– Obrigada – você diz, mantendo a cabeça baixa enquanto caminha para o leste. – Como está a Izzy? Ela já saiu?

– Izzy já saiu... sim.

A voz dela parece distante, a ligação tem mais chiado do que de costume.

– Você está no carro?

– Sim, estou indo pra casa. Mas estou no viva-voz, não se preocupe. – Tem algo estranho no tom dela, como se estivesse desesperada para desligar e se deitar em algum lugar, simplesmente fechar os olhos. Ela parece exausta.

– O que foi? – Você sente um buraco no estômago.

– É o Goss.

– Deixaram ele sair?

– Não... pior.

– O que poderia ser pior?

Ela espera um instante e tudo o que você consegue ouvir é o som do trânsito.

– O que é pior? – você repete.

– Ele está morto.

Você para, protegendo-se em uma cobertura ali próxima. Senta-se, encostada na parede.

– O GAA foi até a prisão. Mandaram dar um fim nele.

– E agora? O que vamos fazer?

– Vamos começar de novo. Ainda estou falando com meu contato em Seattle. Encontraram um corpo em Nova York, um garoto com uma tatuagem no pulso.

– No Morningside Park.

– Isso mesmo. Então você ficou sabendo.

– Não basta como prova? – Sua voz falha quando você diz isso. – Do que mais você precisa?

– Não temos nenhum suspeito, Lena – Celia diz. – É disso que precisamos.

Você levanta a cabeça. Ben está paralisado na calçada. Está analisando seu rosto, perguntando-se o que está acontecendo.

– Só preciso de mais tempo. Vou conseguir mais informações. Eu mesma vou descobrir alguma coisa – você diz.

CAPÍTULO DEZENOVE

O SANGUE CORRE PELO ANTEBRAÇO DE THEO, pingando no chão de ladrilho. Ele pega uma das toalhas grossas atrás da pia da academia e aplica pressão sobre o local da mordida. Não pensou que ela fosse assim. Poucos chegam a rasgar a pele.

Ele olha para a própria imagem no espelho. O maxilar está inchado do lado direito, mas não é nada que uma hora ou duas de gelo não possam curar. Se fosse necessário, ele diria a Helene que fora atingido jogando tênis. Os arranhões serão mais difíceis de justificar. Ele terá que tomar o cuidado de usar mangas compridas até eles desaparecerem.

São duas da manhã, mas ele não está cansado. A euforia ainda não passou. Era sua primeira caçada aqui, na cidade. Na cidade *dele*. Essa é a sua primeira morte em Nova York desde que a Migração começou, e a empolgação é tudo o que ele esperava. Ficou esperando do lado de fora do abrigo da Lafayette Street todas as noites, durante dias, até finalmente reconhecer uma das garotas da ilha. Ela era corpulenta, com ombros musculosos e cabelos castanhos, sempre presos em um coque. Ele a seguiu durante quase quatro horas antes de encontrar o local perto do porto. Ela lutou quando ele a arrastou para trás da caçamba de lixo.

No último segundo, decidiu não usar a arma, e agora agradece por isso, com a lembrança ainda fresca. O rosto dela ao ser estrangulada... Ele não esqueceria aquele rosto. Lembraria dele por semanas.

– Theo! Não sabia que você vinha aqui depois do trabalho. Normalmente tenho o espaço todo só para mim. Só eu e a Ursula da recepção. – Kristof está parado na entrada da sauna. Ainda está de sunga, com os óculos de natação na testa.

Theo se apressa para esconder o ferimento.

– Só estou tomando um banho rápido. Fiquei trabalhando até tarde, e acho que vou voltar para o escritório... Estamos finalizando uma fusão essa semana.

Kristof está olhando para o sangue no chão.

– Está tudo bem? O que aconteceu?

– Ah, isso? – Theo pergunta. – Eu caí e me cortei. Vou ficar bem. – Kristof estica o braço para ajudar, mas Theo o dispensa com um gesto. – Não precisa. Eu vou limpar. Só me dê uns minutos.

Ele fala com mais intensidade do que o necessário, como um alerta. Espera até Kristof desaparecer no vestiário, então pega a camiseta sobre o balcão e a veste para cobrir os arranhões.

"Nós sabíamos que seria mais complicado aqui", ele pensa enquanto limpa o sangue do chão com uma toalha de mão. Era muito mais difícil ocultar as mortes. Essa era a diversão.

Eles levaram dezesseis anos para fazer tudo o que podiam imaginar na ilha. Tipo colocar animais exóticos junto com as presas, mantendo-os lá durante meses, um de cada vez. Em Nova York era para ser diferente, mais rápido e mais perigoso. E, pelo menos no que dizia respeito à morte executada por Theo, o andamento saíra conforme o planejado. O corpo foi levado em quinze minutos.

Mas a morte no Morningside Park... O caçador tinha sido muito imprudente ao fazer aquilo em plena luz do dia. Ele disse que achava que o Articulador estava por perto, mas calculara mal. Theo já teve que subornar dois policiais que trabalharam na cena do crime. Sabia que haveria mais.

Ele volta para o vestiário, evitando propositalmente o corredor à direita, onde pode ouvir Kristof mexendo na sacola da academia. Ele destranca o armário; o código é o aniversário de Helene. Deixou o terno lá dentro antes de sair atrás do alvo.

Quando pega o paletó, sente o telefone vibrando no bolso. O alerta fora dado horas antes, vindo de um número bloqueado. Deve ter sido logo depois que ele saiu do trabalho.

> 21h15
>
> PÁSSARO NEGRO FOI VISTO NA BIBLIOTECA CENTRAL, 42ND STREET E 5TH AV.
>
> CAÇADORA FERIDA RECUPERADA NO INTERIOR. BENJAMIN PAXTON, O EX-VIGIA, MUDOU DE LADO. SE ELE FOR LOCALIZADO, ATIRAR PARA MATAR.

Há algumas fotos do garoto, retiradas do arquivo do GAA: duas de perfil, outra de frente. Alto, com cabelos castanhos e despenteados.

"Pássaro Negro de novo", Theo pensa. "Agora ela converteu o Vigia..." Ela não era a primeira a ir atrás de um caçador, mas a primeira a levar provas para a polícia. Ele tentava não se preocupar muito com isso. Todos os caçadores da cidade estão procurando por ela agora. Levaria apenas um dia, talvez dois, até ela ser morta.

Ele veste a camisa social e a calça. Lê as outras mensagens e vê uma enviada há menos de uma hora, dizendo que uma possível visualização tinha sido feita seguindo para o leste, na 42nd Street. São apenas dez minutos de caminhada a partir do escritório dele. Se ele não estivesse no centro, atrás de outra presa, poderia matá-la.

"É apenas uma questão de tempo", ele garante a si mesmo enquanto olha fixamente para a foto do garoto. "Logo os dois estarão mortos."

CAPÍTULO VINTE

São mais de duas da manhã quando você chega à esquina da West Broadway com a Franklin. Tem uma estação de metrô ali. Você desce as escadas e pula a catraca. A plataforma está vazia, exceto por um ou outro estranho de passagem. Ben está mais lento do que antes, mas não importava quantas vezes você tentasse parar para descansar, ele recusava todas. Ele fez um curativo com um pouco de gaze que encontrou no kit de primeiros socorros do hotel. Engoliu quatro analgésicos e duas garrafinhas de vodca.

Você vira à esquerda, na direção de um túnel lacrado com fita laranja. Já verificou todo o quarteirão. Todas as lojas estão fechadas. O túnel é o único local a que o código poderia se referir.

Depois de um tempo, você nota o grafite na parede. Está praticamente no teto do túnel, tão alto que alguém deve ter subido nos canos para escrever. *Spray* vermelho, assim como os outras. VC + CHGO, dentro de um coração. Uma flecha o corta. A ponta indica o caminho.

– Veja. – Você mostra a Ben.

Tirando uma moeda do bolso, você a joga no terceiro trilho, perto da parede, para ver se produz faísca. Nada. Então você desce uma escada enferrujada, passando por baixo da fita. Ben vai atrás.

– Onde aprendeu isso? – ele pergunta.

– Não faço ideia. – Você imagina que foi quando aprendeu a arrombar fechaduras ou desarmar pessoas.

Depois de alguns passos, fica mais difícil de enxergar. A cada dez metros, há uma única lâmpada presa à parede, expondo canos no teto; as vigas de aço com camadas grossas de tinta estão descascando. O túnel faz uma curva. Você fica de um lado, pisando em lixo, roupas e jornais velhos.

Mais para frente, o túnel se divide. Quinze metros à esquerda há outra lâmpada, dessa vez com um ponto vermelho de spray pintado ao lado.

Quando vira no túnel, ouve música ao fundo, a batida abafada de uma melodia sem letra. A fumaça de cigarro toma conta do lugar. Há alguns adolescentes encostados na parede. Você puxa o boné para esconder o rosto ao passar; Ben fica entre você e eles. Estão dançando sem sair do lugar, e rindo. Um cara com cabelos loiros e ensebados balança uma lanterna como se fosse um estroboscópio. Parece que vocês foram parar em uma *rave* subterrânea.

– Quem são essas pessoas? – Ben desvia de duas meninas com pulseiras fluorescentes.

Há alguns lampejos irregulares de luz adiante, junto com o brilho de telefones celulares. Nenhum sinal óbvio dos outros alvos. Será que você estava errada? Talvez o grafite não indicasse um ponto de encontro organizado por Connor, e sim instruções para chegar a essa festa alternativa. A maioria dos adolescentes está dançando em um grupo frenético e denso, com mais ou menos vinte pessoas. Um DJ gira em uma plataforma improvisada com materiais antigos de ferrovias.

Está escuro o bastante para vocês passarem despercebidos.

Você examina as figuras sentadas perto da parede, mas não consegue distinguir nenhum rosto.

– Isso não parece certo – Ben diz. Ele observa todo mundo, virando-se para analisar um casal que se beija perto da parede de tijolos. – Talvez isso não tenha sido planejado por um alvo. Pode ter sido…

Ele não termina, mas nem é preciso. Pode ter sido o caçador que matou Connor, procurando atrair outros alvos. O GAA poderia saber sobre o ponto de encontro há dias.

– Seremos alvos mais fáceis se sairmos sozinhos – você diz. – Vamos esperar para sair com mais gente.

Você pega na mochila um gorro que encontrou mais cedo sobre um assento do metrô. Entrega-o a Ben, para ele ficar menos reconhecível. Se os caçadores estiverem esperando por vocês, estarão no fim dos túneis, ou perto das saídas mais desertas da estação. Vocês podem conseguir evitar que eles os identifiquem, se estiverem em um grupo.

Parece imprudente ter descido aqui sem um plano de fuga. Você caminha contornando o grupo maior, permanecendo perto o bastante para se sentir escondida. É difícil saber se os caçadores já estão observando. Algumas pessoas fecham os olhos ao dançar, outras cambaleiam perto do grupo, tomando goles de bebida alcoólica. Uma garota se balança para frente e para trás, tropeçando de vez em quando, movendo os lábios sem dizer nada. Há gotas de suor no rosto dela, fazendo sua pele brilhar sob a luz opaca. Ela levanta o braço no ritmo da batida. Cinco pulseiras escorregam pelo pulso, parando na altura do cotovelo. Na parte interna do pulso direito, bem abaixo da palma da mão, a tatuagem é visível. A silhueta de um leão com números embaixo.

CAPÍTULO VINTE E UM

– AQUELA MENINA ALI. ELA É UM alvo. – Você puxa Ben para que ele consiga vê-la, mas ela já abaixou os braços e se misturou à multidão.

– Qual? – Os lábios dele estão bem perto de seu ouvido por causa da música alta.

Você passa pela aglomeração de corpos quentes. Um cotovelo acerta a lateral do seu corpo, um braço balança na frente do seu rosto. Você vai empurrando, tentando não perdê-la de vista.

Finalmente, abre-se um espaço e você alcança o ombro dela. Os longos cabelos negros da menina estão grudentos e úmidos. Alguns fios colam no dorso da sua mão.

– Ei! Preciso falar com você.

Ela se vira, apertando os olhos na sua direção. Não consegue te ouvir por causa da música. Você percebe que ela está chapada. Então alguém te agarra por trás. Você se vira, pronta para brigar.

É Rafe. Ele te puxa para perto, beijando sua testa, suas bochechas. Os lábios dele se movem, dizendo *Lena Lena Lena Lena Lena Lena* em silêncio. Na penumbra, você vê a emoção nos olhos dele.

– Você encontrou. Você entendeu – ele diz, com os lábios junto a seu ouvido.

– Eu encontrei – você diz.

– Tive tanto medo.

Você sai do meio da multidão. Está sorrindo tanto que chega a doer.

– Estou bem. Eles vieram atrás de mim, mas consegui fugir.

Ele envolve seus ombros com o braço pra te manter por perto.

– Por que eles te seguiram? Os dois foram atrás de você. Não consegui chamar a atenção dela.

– Todos estão atrás de mim agora.

Você está prestes a continuar contando tudo o que aconteceu desde que se separaram: as horas passadas na cobertura do prédio, os caçadores se agrupando na calçada, a mensagem que colocou para ele nos classificados, a caçadora na biblioteca. Quer contar sobre o plano para encontrar Reynolds.

Mas logo sente a presença de Ben a poucos metros de distância. Ele sai do meio da multidão. E se aproxima, alternando o olhar entre você e Rafe.

– O que foi? – Rafe deve ter percebido algo em sua expressão. – Qual é o problema?

– Não vim pra cá sozinha.

– Como assim?

Então Rafe vê Ben ali parado. Com o gorro afundado sobre a testa, os jeans de cintura baixa. Ele está usando seu moletom.

– Rafe... – você diz. – Este é o Ben.

CAPÍTULO VINTE E DOIS

Rafe escorrega o braço pelo seu até encontrar sua mão. Encosta os lábios em seu ouvido.

– Quem?

– *Ben*. Ele está com a gente agora. – Você o puxa para longe do alto-falante e torce a mão até se soltar dele. – Ele veio atrás de mim aqui em Nova York.

– Espera, seu *Vigia*? Lena, o que você tem na cabeça? – Rafe se vira para Ben, avançando na direção dele.

– Eu não estou passando informações pra ninguém. – Ben não se move. Eles têm mais ou menos a mesma altura, porém, perto de Rafe, Ben parece menor, mais magro, com uma expressão de insegurança. Ele não desvia o olhar.

Então a menina que você procurava reaparece ao seu lado, junto com dois garotos desconhecidos. Ambos usam grandes relógios no pulso direito. Um é mais baixo, tem a cabeça raspada e uma tatuagem na lateral do pescoço – um nome em letras manuscritas. O outro é alto e magro, com um penteado *black power* baixo. Ele está de capuz.

Você olha ao redor para garantir que ninguém está olhando. A maioria das pessoas ainda dança, hipnotizada pela música.

– Ele tem informações – você afirma. – E quer ajudar.

– Por que está defendendo esse cara? Não foi por culpa dele que você quase morreu? – Rafe praticamente grita.

– Rafe, ele me salvou.

– Do que você está falando? – O rosto de Rafe é anguloso e sombreado.

O garoto mais baixo dá um passo à frente, olhando feio para Ben.

– Há quanto tempo você trabalha pra eles?

– Você sabe o que eles fazem, não sabe? – a garota pergunta.

Em dois passos, Rafe está a apenas poucos centímetros do rosto de Ben.

– Você mentiu pra ela. Ela confiou em você, morou na sua casa, e o tempo todo você estava levando os caras diretamente até ela. Você ajudou as pessoas que estavam tentando matá-la.

Rafe empurra Ben até a parede e você ouve a cabeça dele batendo contra o tijolo. Ben se vira para proteger a lateral do corpo. Ele levanta o braço para resguardar o rosto. Nem tenta brigar.

– Rafe, pare – você diz, colocando-se entre os dois. Levanta a ponta da camisa de Ben. – Ele está ferido. Uma caçadora atirou nele. Ele me salvou.

Rafe olha para o curativo, vendo o sangue escapar através da gaze.

– Quando?

– No início da noite. Confie em mim, ele está com a gente. Eles sabem que ele está do nosso lado. Está correndo tanto perigo quanto nós.

O garoto de capuz sacode a cabeça.

– Então por que queremos ele por aqui? Já tem gente o bastante procurando apenas por nós. Não precisamos de um ex-GAA colado na gente.

Você aperta os olhos.

– Desculpe... quem é você?

Rafe dá um tapinha no ombro do garoto.

– Esse é o Devon. Ele também estava na ilha. É um de nós.

– Ele tomou um tiro por mim? – você pergunta.

A garota simplesmente ri.

– Não precisamos da ajuda dele – ela diz.

– Vocês precisam, só não sabem ainda – você explica.

Rafe sacode a cabeça.

– Lena... não é uma boa ideia. Ele está ferido.

Você alterna o olhar entre Rafe e Ben. Rafe, que a conhece há tanto tempo, mas mal o conhece. E Ben, que você achou que tinha te traído, mas diz que te ama. Você acredita nele.

– Ele fica.

A garota começa a caminhar pelo túnel, para a saída, cambaleando um pouco. Ela não olha para trás ao dizer:

– Tudo bem. Mas é melhor que ele seja útil.

Devon vai atrás, passando por Ben. Rafe suspira e esfrega a cabeça.

– Você é responsável por ele.

– Eu posso ser responsável por mim. Não sou um idiota.

– Então como se tornou Vigia? – Rafe pergunta.

– Muito engraçado – Ben murmura.

– Ele não sabia – você diz. – Eles o chantagearam quando o pai dele morreu.

O garoto de cabeça raspada não tira os olhos de Ben.

– Seu pai era caçador?

– Não – Ben esclarece. – De jeito nenhum.

A garota e Devon desapareceram na curva. A multidão ainda está agrupada. A música parou e um cara está se apoiando em um dos alto-falantes, tentando fazê-lo funcionar.

– Para onde eles estão indo? – você pergunta.

– De volta para a base – Rafe diz. Depois aponta para o garoto de cabeça raspada. – Esse é o Aguilar. A garota é a Salto, ela era namorada do Connor.

– Aggy – o garoto se apresenta.

– Você os encontrou do mesmo jeito que eu? – você pergunta a Rafe. – Através do grafite?

– É – Rafe responde. – Já apagamos uma parte dos muros perto das quadras. Connor tinha deixado lá.

A expressão de Aggy muda quando o nome de Connor é mencionado.

– Ele encontrou a gente há uma semana. Já tinha encontrado a Salto antes. Devon e eu estávamos juntos. Eu me lembrei dele na ilha. Nós dois estávamos acampados debaixo da ponte de Manhattan, e Connor foi procurar alvos por lá.

– Sinto muito – você diz.

– Por quê? Você não fez nada. – Ele olha para Ben.

– A base? – Ben pergunta. – É um local seguro?

– É escondido – Rafe afirma. – Vamos de dois em dois pra não dar muito na cara. Por isso eles foram na frente.

Alguns caras saem de perto da multidão. Um cambaleia e mal consegue ficar de pé. Com a festa terminando, agora é o melhor momento para ir embora. Você olha para Aggy, sem saber ao certo se deve mandar Ben sair com um estranho ou com Rafe. Há riscos em ambas as possibilidades.

– Você pode me mostrar a base, Aggy? – você pergunta.

Ben encosta na parede do túnel, respirando rápido para aliviar a dor. Ele não diz nada. Nem Rafe. Então Aggy faz um sinal para você acompanhá-lo na frente, escuridão adentro.

CAPÍTULO VINTE E TRÊS

O PARQUE ESTÁ VAZIO. HÁ UMA CERCA baixa em todo o perímetro, e uma construção de tijolos com a palavra SANITÁRIOS escrita com ladrilhos. Você olha atrás das fileiras de bancos e vê as caçambas de lixo do outro lado do quarteirão. Não há uma entrada óbvia.

– Onde é? – você pergunta.

– Espere um minuto. Depois venha. Tem um barracão, aquele com o lixo em frente.

Aggy examina o parque e as árvores estreitas. Ele não olha para trás ao andar. O caminho faz uma curva para a esquerda, na direção da rua.

Você espera. Segue rumo ao parquinho, tentando encontrar um local menos visível. Depois de alguns minutos, vai atrás dele.

Quando chega ao barracão de manutenção, procura por uma possível entrada para a base. Há uma pilha de sacos de lixo pretos ao lado da parede de tijolos, algumas lixeiras, mas a porta está fechada com uma corrente.

Então você nota a grade de metal na calçada, a alguns metros dali. Há uma luz vindo dela, piscando na sua direção. Quando se aproxima, você vê Aggy com uma lanterna pequena na mão. Ele ergue um pouco a grade.

– Verifique se ninguém está olhando.

Você olha para a rua. São mais de quatro da manhã, e há apenas um ou outro táxi passando. Levanta a grade e desce por uma escada enferrujada. Aggy fica de lado, abrindo espaço para você. Um pouco de ferrugem suja suas mãos. Poucos degraus e uns dois metros depois, você chega ao chão. A grade é fechada.

Aggy se curva sob o teto baixo ao caminhar, balançando a lanterna na sua frente.

– Só é assim pelos próximos três metros.

Está tudo escuro. É algo entre a tubulação do esgoto e o túnel do metrô – o espaço vazio sob a calçada. Você pisa em embalagens vazias, chicletes endurecidos, jornais velhos, lixo. Aggy aponta a lanterna para onde o caminho termina. Você vê de relance Devon e Salto sentados sobre uma pilha de cobertores, mais adiante.

– Vocês conseguiram – Devon diz, te ajudando a descer mais um andar. Você fica se perguntando como eles encontraram esse lugar.

Salto não sorri. Ela está encostada na parede, com o conteúdo da mochila espalhado a seus pés. Ondas grossas e escuras emolduram seu rosto. Mesmo transmitindo seriedade, ela tem um rosto arredondado que a faz parecer muito mais nova do que todos os outros.

– Era pra eu ter me encontrado com ele – diz Salto, sem olhar para ninguém em particular. – Era pra eu estar lá. Cheguei tarde demais.

– Talvez tenha sido melhor assim – Devon afirma. – Quem sabe o que teria acontecido se você estivesse lá. Provavelmente também estaria morta.

– Eu vi quando ele tomou o tiro – Salto tenta dizer mais

alguma coisa, mas não consegue. Ela pega uma garrafa no chão e toma um gole. Os movimentos são lentos e irregulares.

– Sinto muito – você fala, mas Salto não levanta os olhos. O que disse parece pequeno e ridículo, e você sabe disso.

Você olha para o espaço. É uma sala retangular de apenas seis metros de profundidade, iluminada por algumas velas. Há jarras de plástico com água e um saco de lixo amarrado em um cano. Cobertores ocupam o chão. Você aponta para o outro lado, onde há mais uma abertura de menos de dois metros de altura.

– Isso dá pra onde?

– Outro túnel – Aggy responde. – É possível sair pelos dois lados, mas tentamos sempre usar o mesmo. É mais escondido, por causa do parque. Sempre saímos antes do sol nascer, então temos apenas algumas horas para dormir.

Devon se estica sobre alguns cobertores. Aggy se ajoelha ao lado dele, abrindo uma lata de abacaxis com uma faca. Ele a entrega para você, junto com um garfo de plástico com o nome de uma lanchonete.

– Já nos encontramos aqui duas vezes, uma a cada três dias. É perigoso demais ficar em um só lugar.

– Quando vocês saem... para onde vão?

– Qualquer lugar – Aggy responde. – O Central Park tem uns pontos bons. Alguns outros parques pequenos também. Já fomos perseguidos em nosso ponto de encontro perto da ponte de Manhattan. Está começando a ficar mais difícil encontrar lugares pouco óbvios.

– Quantos alvos existem em Nova York? Vocês sabem?

Devon nega com a cabeça. Abre um pacotinho de carne-seca e depois volta a fechar o plástico.

– Não temos certeza. Era o Connor que estava tentando descobrir.

Você ouve o barulho da grade. Está sendo fechada com um ruído metálico. Ouve passos e a voz de Rafe pedindo para Ben seguir pelo túnel.

– Estamos aqui – você diz, esperando que eles ouçam, imaginando o que Ben deve estar pensando com Rafe atrás dele no escuro.

Quando chegam, Ben olha para o pequeno corredor e para os suprimentos agrupados perto da parede.

Rafe ocupa o lugar ao seu lado, com os ombros tensos. Você se pergunta como deve ter sido para ele te ver junto com Ben. Quer tranquilizá-lo, mas não sabe se pode. Pensa nas últimas horas que passou com Ben, no quanto ficaram próximos no quarto de hotel. A sensação dos lábios dele tocando seu rosto.

Você se levanta para ajudar Ben, mas ele sai de perto e vai se sentar do lado oposto. Pelo modo como se abaixa, apoiando a mão no concreto, dá para ver que o ferimento está doendo novamente.

– Lena é o outro alvo de que eu estava falando – Rafe diz. – Caso não tenham percebido.

– Eu meio que me liguei. – Aggy ri.

Devon observa a forma como Ben mantém o braço longe da lateral do corpo e diz:

– Os primeiros dois dias são os piores. Depois melhora.

– Você foi atingido? – você pergunta.

– Na ilha. Duas vezes. Uma ainda está aqui. – Ele aponta para o ombro esquerdo.

– Alguns de vocês estavam juntos na ilha? – Você olha de canto de olho para Rafe, buscando confirmação. – A gente estava lá com vocês?

– Eu não te vi – Devon responde. – Você ainda não recuperou sua memória?

– Não completamente.

Salto fica te observando.

– Você certamente me parece familiar. Mas é difícil ter certeza.

– Ainda não me lembrei de tudo – Devon afirma. – Nem o Aggy.

– Eu tenho uns sonhos com a ilha... – Aggy diz. – Como se as lembranças começassem a voltar.

– E vocês têm certeza de que... não tem mais ninguém? – Rafe pergunta.

– É difícil ter certeza. Talvez ele saiba de alguma coisa. – Salto olha para Ben, esperançoso.

Rafe ri.

– Ele trabalha para as pessoas que estão tentando matar a gente. Acha mesmo que vai ajudar?

– Eu vou ajudar – Ben diz, ignorando-o.

– É o que você diz – Rafe retruca. – Mas a cada minuto que passamos aqui, corremos ainda mais perigo.

– Não preciso que vocês me acolham – Ben diz.

– Então do que você precisa? – Rafe questiona.

– Precisamos da ajuda de vocês para entrar em um hospital – você se intromete na conversa. – Bellevue, no East Side. Um médico lá, Reynolds, tem informações sobre o GAA. Foi ele que inventou a droga que causa perda de memória.

– Como sabe disso? – Salto pergunta.

– Encontrei o nome dele nos arquivos antigos do meu pai – Ben diz. – Ele deve estar em contato com a pessoa que coordena o

GAA, e talvez com alguns dos caçadores. Reynolds pode fornecer alguns nomes, dizer algo mais sobre o que está acontecendo.

Aggy coça a cabeça.

– Não sei, cara. Veja o que Connor estava tentando fazer. E ele acabou morto. Não quero ser o próximo.

– Então vai só ficar esperando até eles te encontrarem? – você pergunta. – É exatamente isso que o GAA quer.

– Ouça – Aggy diz –, tudo estava bem até vocês três aparecerem. Se quiserem ficar aqui com a gente, precisam seguir nossas regras.

Você sente seu rosto esquentar. Não acredita que chegou tão longe e ninguém quer saber mais.

– Tudo bem, vamos embora e vocês podem continuar nessa e acabar mortos. Mas eu vou derrubar o GAA com ou sem vocês.

Devon olha para Aggy. Ele está quase sorrindo.

– Gosto da sua atitude. A gente devia ouvir o que ela tem a dizer, pensar nisso. Chega de se esconder, chega de esperar. Vamos atrás deles... e depois, liberdade.

– Exatamente – você concorda.

Rafe não abre a boca. Devon está assentindo, absorvendo tudo, mas é Salto quem finalmente fala.

– O Connor ia querer isso.

Aggy resmunga, frustrado, mas a afirmação de Salto parece encerrar o assunto. Você acomoda a mochila à sua frente e tira um cobertor fino, passando-o para Ben. Rafe pega uma coberta de lã surrada da mochila dele e coloca ao seu lado.

– Temos mais alguns. – Devon joga uma pilha que estava perto da parede. São surpreendentemente macios, com faixas tricotadas no centro. Estão perfumados.

Salto vê você olhando para os cobertores e sorri.

– Eu roubei de uma loja de departamentos.

– São ótimos. – Você ri. – Obrigada.

Ben se estica ao seu lado. Ele fica se virando para tentar encontrar uma posição confortável, porém seu rosto fica tenso quando ele coloca um cobertor enrolado sob a cabeça. Você entrega sua mochila para ele usar como travesseiro, mas ele recusa.

– Estou bem – ele diz. – Sério.

Enquanto se acomodam na escuridão, dá para sentir o silêncio entre Ben e Rafe. Há apenas algumas horas, você achou que não voltaria a ver Rafe, e agora está deitada entre os dois. São partes iguais de quem você é, mas nenhum deles te conhece por inteiro. Você ajeita a mochila atrás da cabeça, sem saber para qual lado virar.

De repente, a voz de Salto corta o silêncio.

– Vocês dois eram um casal? Na ilha, eu me lembro de duas pessoas que lutavam juntas. Eram você e Rafe, não eram?

Você puxa o cobertor, sem saber o que dizer. Ben está completamente imóvel. Você espera Rafe responder, mas ele fica quieto. Talvez esteja esperando você dizer algo. Você fecha os olhos, fingindo dormir.

Depois de um instante, Rafe pega na sua mão. Ele passa os dedos pela palma.

Alguém se mexe. Ben tosse.

– É – Rafe responde. – Éramos nós.

CAPÍTULO VINTE E QUATRO

Você olha pela janela do avião, concentrada nos cristais de gelo que se formam entre os dois painéis de vidro. Pressiona o dedo contra eles, apoiando a cabeça na parede. Não há nada além de uma camada fina de nuvens sob vocês.

Fizeram algo com você. Não há nenhum sentimento. Seus braços e pernas estão fracos. Alguém grita do outro lado do avião, mas movimentar a cabeça é um grande esforço. Por quanto tempo você dormiu? Quando entrou no carro com a mulher... a garrafa de água que ela te entregou devia estar batizada.

– Me solta, quero ir para casa! – a garota grita.

O avião só tem seis fileiras. Ela está sentada à sua frente; não dá para ver quem é. O piloto está atrás de uma cortina. O garoto da fileira oposta à sua está dormindo, deitado no assento, e só o topo da cabeça raspada está visível: bem no centro, há uma faixa de cabelo tingido de laranja.

– Preciso de ajuda! – ela grita. Você quer se mexer, mas não consegue. Uma sensação pesada de vertigem toma conta toda vez que você movimenta o corpo.

Um homem de meia-idade puxa a garota até ela ficar em pé. Seus cabelos grossos e negros passam dos ombros, formando ondas. Ela dá cotoveladas e chutes, mas isso não impede que o homem a arraste para os fundos do avião. As unhas dela arranham o braço do seu assento.

– Deem mais pra ela – o homem ordena a alguém atrás de você. – Ela precisa se acalmar.

Ela range os dentes, com o lábio superior curvado enquanto ele tenta enfiar um comprimido na boca da garota. Os cabelos de Salto estão mais compridos, porém ela tem o mesmo rosto arredondado. Parece tão pequena ao lado dele.

Então se ouve mais um grito.

– Venha aqui, venha ajudar...

Aggy se aproxima de você, apontando a lanterna para os seus olhos. Do outro lado, Devon passa os dedos pelos cabelos.

– O que foi?

– Hora de ir – ele explica. – Logo mais vai amanhecer.

Sua cabeça lateja quando se levanta. Você só dormiu uma hora, no máximo. Rafe chegou mais perto durante a noite, e os cobertores se embolaram. Quando seus olhares se cruzam, ele sorri.

– Bom dia – ele diz.

Rafe tenta pegar na sua mão, mas você finge não perceber. Ben está do outro lado. Já está acordado, dobrando cobertores. Parece que o descanso lhe fez bem.

– Vamos passar o dia explorando – você sugere. – Devemos ter certeza de que Reynolds está lá, trabalhando, antes de entrarmos. Podemos bolar um plano quando tivermos uma ideia melhor do espaço interno, do que vamos enfrentar.

Salto concorda. Ela pega um canivete no fundo da bolsa. Parece quase idêntico ao seu.

Você coloca o seu na cintura, esperando não precisar usá-lo.

São quase cinco da tarde quando o grupo se reúne em uma viela atrás do Bellevue, no East Side. Vocês se dividiram e passaram o dia explorando o hospital, descobrindo tudo o que podiam. Combinaram de se encontrar e trocar informações para traçar um plano.

– Reynolds está trabalhando com certeza – Aggy informa. – Verifiquei um quadro atrás do balcão de enfermagem. Ele está de plantão a noite toda, então temos algum tempo.

– Há dois locais com elevadores. Quase todo mundo usa os que estão perto do pronto-socorro, mas tem mais um do outro lado do hospital. Podemos usar para fugir, se for preciso – Rafe acrescenta.

– Acho que é melhor dois de nós entrarem juntos pelo pronto-socorro – Ben sugere. – Ele é neurologista. Alguém precisa fingir uma lesão na cabeça. Uma queda, concussão, qualquer coisa... para ele ser chamado.

– Temos que pegar o cara de surpresa – Rafe interrompe.

– Eu vou para o pronto-socorro – Salto se prontifica. – Podemos fazer parecer que eu caí, que estou com algum problema na cabeça.

– Não deve ser tão difícil. – Devon ri.

– Ben pode ir junto e fingir que é seu amigo – você diz. – Eu encontro vocês no quarto, para dar suporte. Os outros podem ficar vigiando.

– Eu deveria ir pro quarto também – diz Rafe. – Não há motivo pra esperar no corredor. E se o cara estiver armado?

– Não, Ben vai com a Salto – você diz, encerrando a

discussão. – Ele está machucado, então é melhor não ficar andando por aí. E ele também não tem tanta experiência em patrulhas. Rafe, você vai estar por perto, se a gente precisar.

Rafe se levanta e pega a mochila.

– Beleza, temos um plano – ele afirma. – Vamos.

CAPÍTULO VINTE E CINCO

A LUZ CLARA DO HOSPITAL É OPRESSIVA. Os corredores estéreis e os azulejos te deixam incomodada. Parece um lugar em que se pode entrar, mas de onde nunca se sai.

O elevador sobe até o sétimo andar, e você localiza Rafe em um vão perto da janela. Ele está afastado o bastante para não ser visto, a menos que alguém saiba onde procurar. Você passa por ele, sem olhar, e vira à direita no corredor. Há um balcão na outra ponta, onde uma enfermeira está ocupada arquivando papéis. Outra fala ao telefone, dizendo algo sobre um paciente de dois andares acima, pedindo para ser transferido. Você fica fora do campo de visão delas e vai até o número 7.776. A porta se fecha quando você entra no quarto onde está Salto.

Salto sorri quando te vê, e isso faz com que ela pareça uma pessoa completamente diferente. Covinhas se formam em suas bochechas arredondadas. A camisola do hospital está larga em seu corpo pequeno, tornando evidentes todas as tatuagens dela: o rosto de uma mulher no bíceps direito, duas rosas subindo pelo braço esquerdo.

– Já vimos Reynolds lá embaixo. – Ben está sentado em uma cadeira, abrindo uma caixa de analgésicos fornecida pelo hospital. – Ele fez umas perguntas pra ela antes da internação.

– Ele disse quando voltava? – você pergunta.

– A qualquer momento. Não falei nada, só que não conseguia me lembrar das coisas. Eles me perguntaram em que mês estávamos, coisas assim – Salto diz. – Quiseram saber em que cidade eu morava. Eu só repeti que não me lembrava.

Há uma cortina perto da porta, pendurada em um metal curvo. Você a fecha totalmente.

– Como ele é?

– Baixinho. Cabelos castanhos. Sabe quando começa a ficar careca?

Você ouve alguém entrar e se vira. É apenas Rafe. Ele aparece por detrás da cortina, apontando para o banheiro em frente à cama:

– É melhor eu ficar ali. Só pra garantir.

– Onde estão Devon e Aggy? Viu os dois? – você pergunta.

– Eles estão na escadaria, vigiando o corredor. Já exploraram o prédio todo; nada pareceu estranho.

– Isso não quer dizer que o GAA não esteja monitorando o Reynolds. – Ben olha só para você quando fala. – Eles não deviam ficar parados no mesmo lugar.

– E não vão – Rafe explica. – Não se preocupe, sabemos o que estamos fazendo.

Você acompanha Rafe até o banheiro, mantendo a porta um pouco entreaberta para poderem enxergar.

Uma enfermeira aparece. Salto finge estar dormindo. Ben diz alguma coisa sobre estar cansada, com dor de cabeça, e a mulher verifica algo no aparelho ao lado da cama. Um minuto depois que ela sai, ouve-se o som frio e duro de sapatos sobre o piso de linóleo. Mais alguém está entrando.

Rafe puxa o canivete escondido sob a camisa. Pelo espaço entre as dobradiças da porta, você vê o médico se aproximar de

Salto. Assim que ele chega ao outro lado da cama, você e Rafe saem do esconderijo, bloqueando a saída.

Reynolds se vira, percebendo que está cercado. Ele coloca o prontuário sobre a cama e levanta as mãos.

– Se vão me matar, matem logo.

CAPÍTULO VINTE E SEIS

REYNOLDS FICA OLHANDO PARA O CHÃO, ENQUANTO gotas de suor se formam em suas têmporas.

– Eu sabia que um dia vocês me encontrariam – ele diz.

Salto levanta da cama. Ela não havia tirado os jeans, nem os tênis – apenas os escondeu debaixo do cobertor. Ela fecha a porta.

– Você é Richard Reynolds – Ben afirma. – Forneceu a droga supressora de memória para o GAA.

O médico não responde, mas os músculos de seu rosto estão tensos. Ele se senta na beirada da cama e apoia a cabeça nas mãos.

– Pelo menos terminou – Reynolds suspira.

– O que quer dizer com "terminou"? – Ben questiona. – Nada terminou.

Ele levanta a cabeça e você percebe que os olhos dele estão vermelhos.

– Eu sabia que alguém viria atrás de mim. Tinha medo de que, nessa hora, eu estivesse com meus filhos, com a minha esposa e...

– Não vamos te matar – você interrompe. – Precisamos de informações sobre os caçadores: onde você se encontrou com eles e como podemos achá-los.

Reynolds observa Salto vestida com a camisola do hospital e jeans manchados. Depois olha para o seu agasalho de moletom rasgado. Os tênis brancos com os quais você acordou já ficaram acinzentados e sua trança está bagunçada. Os olhos dele pulam para o relógio que Rafe usa no pulso direito.

– Então vocês são os adolescentes – ele conclui. – Não reconheci vocês.

– E por que reconheceria? – Rafe pergunta.

– Alguns estiveram aqui para fazer testes. – Ele olha rapidamente para o canivete de Rafe.

– Aqui? Neste hospital? – Você olha para Salto e Rafe. Nenhum dos dois parece se lembrar de nada.

– Não, em outro lugar – ele diz.

– Você vai ter que ser um pouco mais específico – Rafe fala com raiva. – Não temos muito tempo. Quem é o chefe do GAA? Quem te colocou nessa história? Precisamos de nomes, endereços.

– Não sei nada sobre os caçadores. Só trabalhei com os alvos. – Reynolds alterna o olhar entre você e Rafe.

– Mentira – retruca Ben. – Quem foi o responsável pelos caçadores, quando eles voltaram da ilha com ossos quebrados, arranhões, cortes? Quem os tratou, se não você?

O homem desvia o olhar. Esfrega a testa com o dorso da mão.

– Eu não sei, garoto. Sou *neurologista*. Não faço essas coisas desde que saí da faculdade de medicina.

Quando diz essas últimas palavras, ele eleva o tom de voz, parecendo quase animado. Você sabe que ele está mentindo.

– Por que usariam outros médicos, se têm você? Já estava sendo pago.

– Sei lá. – Ele dá de ombros. – Não entendo o que acontece no GAA.

Você e Rafe trocam olhares.

– Por que deveríamos acreditar nisso? – você pergunta.

– Vocês não precisam acreditar – Reynolds responde.

Rafe se aproxima. O homem se encolhe, levantando o braço por instinto. Rafe o agarra pelos cabelos, puxando a cabeça dele para trás e expondo sua garganta.

– Isso não é resposta – Rafe ameaça, pressionando o canivete no pomo de adão de Reynolds.

– Certo, certo. Eu vou contar o que sei. Alguém tira esse garoto de cima de mim!

– Rafe... não machuque ele – você diz, ao ver como a lâmina está rente à pele, prestes a fazê-lo sangrar. Rafe está segurando o canivete com tanta força que os ossinhos dos dedos dele estão brancos. Finalmente, o garoto dá um passo para trás, soltando o médico.

Reynolds continua:

– Tem um cara no comando. Mas não tenho ideia do nome verdadeiro dele nem de onde ele mora. Eu não combino nada com eles; eles é que decidem quando vamos nos encontrar. Eles decidem tudo.

– Como ele se refere a si mesmo? Como ele é? – Ben pergunta.

O homem esfrega a lateral da cabeça.

– O que vai acontecer comigo depois disso?

– O que vai acontecer com *você?* – Rafe questiona com a voz falha. – Está brincando, cara? Ela não sabe onde morou nem nada sobre a vida que tinha antes – ele diz, apontando para você. – Alguém te deu dinheiro para fazer adolescentes se esquecerem das coisas, pois assim seria mais fácil matá-los. Pode parar com essa besteira de autocompaixão. Você precisa começar a falar a verdade. Coisas reais, coisas que realmente possam ajudar a gente.

– Existe alguma droga para reverter a perda de memória? – você pergunta.

– Não – Reynolds responde –, mas ele me disse que, para a maioria, o efeito estava começando a passar. Os testes que fizemos eram experimentais. A droga deveria tratar pacientes com transtorno de estresse pós-traumático. Eu já estava trabalhando nessa pesquisa quando ele entrou em contato comigo. Querendo usar doses mais altas.

– Quem entrou em contato com você? – você pergunta.

Reynolds apoia a cabeça nas mãos.

– Ele chamava a si mesmo de Cal, mas sei que não é seu nome verdadeiro. Nem sei se ele mora em Nova York. Pode ter vindo só para me encontrar. Deixou instruções de como eu poderia contatá-lo. Eu o vi quatro vezes em dois anos. Em todas, ele mandou um táxi sem identificação para me buscar. Sempre que eu entrava, ele já estava lá.

– Como ele era? – Salto pergunta.

– Um pouco mais velho do que eu, cinquenta e poucos anos, não sei. Cabelos loiros, quase brancos. Olhos azuis, talvez. Tem uma cicatriz na mão esquerda... – O médico aponta para a própria mão, para a pele macia perto do polegar. – É uma cicatriz longa e curvada. Parece um pouco com um ponto de interrogação. Ele não consegue dobrar o dedão esquerdo.

– Então você tratou os caçadores. Pare com as mentiras, Reynolds. – Ben cruza os braços.

– Já disse o suficiente – Reynolds diz, coçando a cabeça.

– Não, não disse – você afirma, aproximando-se da cama.

– Está bem, está bem. – Ele suspira. – Tem mais uma coisa que posso mostrar a vocês. Entretanto, se formos pegos, estamos todos perdidos. Eu tenho acesso a um documento... não tem nenhum nome, só endereços. Está na minha sala. – Ao dizer isso, ele aponta para os andares de cima. – É uma lista dos lugares onde os atendi. Às vezes era uma casa, às vezes um escritório sem uso. Sempre mudava.

– Precisamos desses endereços – diz Rafe. – Como conseguimos esse arquivo?

O médico olha para a porta.

– Preciso acessar meu computador.

– Certo – Rafe cede, apontando para a porta com o canivete. – Vamos. Agora.

No andar de cima, Reynolds conduz você e Rafe, passando por uma sala de espera, até a sala dele. É estreita, com uma longa parede de vidro. Ben e Salto estão na escadaria, vigiando. Vocês não quiseram chamar a atenção com muita gente entrando na sala.

Reynolds espera o computador iniciar. Abre a última gaveta de sua mesa, tateando lá no fundo. Você olha para Rafe, com medo de o médico estar procurando uma arma. Num piscar de olhos, Rafe se abaixa e agarra a mão de Reynolds.

– Relaxe... é a senha. – Reynolds abre a mão, mostrando o papel amassado. Há uma série de números e letras escrita nele. Embaixo há outro código, ainda mais longo.

– O que você precisa fazer? – você questiona. – Quanto tempo vai demorar?

– A última vez que acessei foi quando eles me pediram para atender alguém – ele afirma. – Tenho que entrar nesse site...

A tela que ele acessa é preta, com apenas um pequeno campo ao centro e o cursor piscando. Ele coloca o papel ao lado do teclado e digita. A tela muda, uma lista de *links* aparece.

– O terceiro deve ser a lista de endereços – ele diz. – Posso baixar do servidor deles.

Ele digita o segundo conjunto de números, mas depois espera. Pressiona enter novamente.

– O que está acontecendo? Funciona assim? – você pergunta.

Reynolds digita mais alguns números e pressiona enter novamente.

– Vá com calma – Rafe diz, empurrando a mão dele para longe do teclado. Só que já é tarde demais. A janela se fecha. O site desaparece, retornando à página do hospital.

– O que acabou de acontecer? – você pergunta.

Reynolds se afasta do computador.

– Eu não sei. Nunca aconteceu isso antes.

– Entre de novo. – Mas quase ao mesmo tempo que você diz isso, a tela fica completamente escura.

– Você ativou alguma coisa... – Rafe agarra a frente da jaqueta de Reynolds e dá alguns passos rápidos, empurrando-o contra a parede.

Reynolds ergue as mãos.

– Não fiz nada, eu juro. Deve ter acontecido automaticamente. É a primeira vez que entro por vontade própria.

– Estou te dando mais uma chance – Rafe afirma. – Diga algo que possamos usar. Agora. Ou vou te matar antes que *eles* possam ter essa honra.

Reynolds fecha bem os olhos. As mãos dele estão tremendo.

– Tem uma lavanderia em Long Island. Fica em Hicksville.

Atendi alguns caçadores lá. Ela é usada como ponto de encontro, local de entrega... o que precisarem.

– Se contar a eles que passou essa informação pra gente, viremos atrás de você – Rafe avisa. – Nós vamos te encontrar e acabar com isso.

Os olhos de Reynolds ainda estão fechados.

– Com essa gente... eu já estou morto.

CAPÍTULO VINTE E SETE

Vocês acabaram de chegar à porta do corredor quando as luzes se apagam. Rafe abre uma fresta e olha para fora. Está tudo escuro. Tudo em silêncio, até que as luzes voltam, mas com pouca intensidade.

– Houve algum curto-circuito – grita uma voz no fim do corredor. – Tente falar com o Rob para ver se ele sabe o que aconteceu.

– O gerador está funcionando – alguém afirma. – Graças a Deus. É só o nosso andar?

Você escuta passos rápidos e irregulares de pessoas saindo de suas salas. Portas se abrindo e fechando. Uma pessoa com um jaleco branco passa apressada, depois desaparece do outro lado do corredor.

– Isso não foi do nada – aponta Rafe. – O código desencadeou alguma coisa. Eles desligaram a energia para criar um caos. Os caçadores estão aqui.

– Se os geradores estão funcionando, os elevadores estão funcionando. Podemos tentar sair por eles. As pessoas não vão querer usá-los.

Você entra no corredor, olhando na direção da escadaria onde

Ben e Salto estão escondidos, espiando pela porta. Mas a área está vazia. Eles não estão lá.

No telefone que está no bolso do seu moletom não há nenhuma ligação perdida, nenhuma mensagem de texto informando para onde eles foram. Não iriam embora sem dizer nada...

– Precisamos encontrar Ben e Salto – você diz. – Tem alguma coisa errada.

– Talvez ele tenha entrado em pânico – Rafe sugere.

– Ele não faria isso – você afirma, já seguindo para a escadaria.

Rafe sacode a cabeça.

– Temos que sair daqui, Lena. Eles podem encontrar a gente no acampamento.

– Por favor, só um minuto.

– Lena...

Você joga o celular descartável para ele.

– Só pra garantir...

Você abre a porta da escadaria bem devagar para minimizar o ruído. Os degraus estão apenas semi-iluminados e o resto está escuro. Salto e Ben não estão lá. Você sobe mais um lance para ver se eles não mudaram de posição, ou tentaram sair por outro lugar. De repente, ouve o grito de Salto vindo de baixo; depois, o barulho de uma briga.

Você se debruça sobre o corrimão e consegue avistar Salto lutando com um homem, três lances abaixo. Vestido com um casaco azul-marinho simples e calças jeans, ele usa ainda um boné para proteger o rosto. Salto agarra o casaco do homem e o puxa pelas costas. Ele tropeça e bate na parede, perdendo o fôlego. Ela tenta acertá-lo, mas o sujeito retoma o equilíbrio e a empurra.

Você desce as escadas correndo e se joga nas costas do caçador.

Envolve o pescoço dele com os braços e o aperta, tentando sufocá-lo. Ele se debate embaixo de você, girando, tentando se livrar. Inclina-se para trás, fazendo você bater na parede de concreto repetidas vezes. Você imprime mais força, porém o último golpe acerta a base do seu crânio. A dor explode em sua cabeça e você afrouxa os braços em volta do pescoço dele.

Você cai com tudo no chão. Vira de lado, tentando se levantar, quando Salto investe contra o caçador mais uma vez. Ele fica com uma mão livre, tira uma arma do bolso de trás e atira. A bala atravessa o ombro dela e perfura a parede, levantando uma pequena nuvem de gesso e poeira.

Você tira o canivete da cintura e se joga contra o homem, acertando a lâmina na lateral do corpo dele. Ele se contrai e dá um passo para trás. O corte seguinte é no pulso. Sua mão se movimenta com tanta rapidez que ele não puxa o braço a tempo. E solta a arma.

Ele está encurralado. Você levanta o canivete, aproximando--se. Ele dá um passo para trás, na direção da parede.

O som de novos passos nos degraus te distrai, e você se vira, preparada para outro caçador, outro ataque. Mas é apenas Ben, sem fôlego, dando a volta pelas escadas e te alcançando. Enquanto você registra a chegada dele, o caçador sobe correndo um lance e sai por uma porta.

Você não se importa em ir atrás dele; está mais preocupada com Salto. Ajoelha-se ao lado dela. A bala a atingiu no ombro direito, bem acima do bíceps, antes de se enterrar na parede. Os olhos dela estão cerrados. Ben já a segura nos braços, com uma mão sobre o ferimento, fazendo pressão. Seus dedos estão vermelhos de sangue.

– Fui procurar Aggy e Devon – ele diz. – Só saí por cinco minutos.

– Temos que ir. – Você manda uma mensagem para Rafe e pede para ele te encontrar na frente do hospital, na viela.

Salto se contrai de dor, segurando o braço.

– Outros caçadores podem estar chegando... – Ben ajuda Salto a se levantar e ela se apoia no peito dele.

Você olha para a escadaria, nervosa com a possibilidade de o homem voltar. Tira sua própria camiseta, que é bem larga, e tenta colocá-la em Salto, passando-a pela cabeça dela e ajudando-a a enfiar os braços nas mangas.

– Precisa sair daqui como se tudo estivesse normal – você diz a ela, com a voz firme. – Tem de fazer isso por nós, só até sairmos.

Você tira os cabelos dela do rosto, limpando uma mancha de sangue na bochecha. Salto está ficando pálida. Você não sabe quanto tempo lhes resta.

O nono andar está mal iluminado. Alguém está recomendando procedimentos de emergência no fim do corredor, pedindo que alguns visitantes retornem ao saguão. Há um grupo de enfermeiros reunidos. Você não olha para eles ao virar à direita, depois vira à direita mais uma vez, na direção dos elevadores. Ben está caminhando com Salto, ambos de cabeça baixa. Você chama o elevador várias vezes enquanto espera os dois te alcançarem.

– Temos que levá-la de volta para a base – você ordena. – Onde estão Aggy e Devon?

– Estão lá fora, do outro lado do hospital. Eu falei pra eles irem. Já devem ter chegado – Ben diz.

Dentro do elevador, Salto se apoia na parede, agarrando a

barra de metal ao seu lado. Ela segura o braço na lateral do corpo, formando um ângulo estranho.

– Ele apareceu do nada – ela afirma.

– A abertura dos arquivos fez disparar um sinal. Só soubemos quando já era tarde demais.

O elevador desce mais um andar, depois outro. Os botões acima da porta se iluminam em uma contagem regressiva. Seis... cinco... quatro...

– Estou perdida. Acabou pra mim. – Salto sacode a cabeça. – Como vou escapar deles, se não consigo nem mexer o braço? Como vou me defender?

– Nós vamos cuidar de você – garante Ben. – Vamos te esconder.

Salto cobre o rosto com a mão.

– Você também está ferido, Ben. O que vai acontecer quando encontrarem a gente? Como vai ser?

– Eles não vão encontrar a gente. Não antes de nós os encontrarmos – você diz. – Ben, leve Salto para a base. Rafe e eu vamos seguir a pista que Reynolds forneceu. Ele falou de um local onde os caçadores se encontram pra pegar coisas ou receber tratamento.

– Pode ser uma armadilha – Ben alerta.

– Não temos mais nenhuma pista para seguir – você afirma. – Então não temos escolha.

CAPÍTULO VINTE E OITO

Reynolds dá a partida no carro, mas não sabe para onde ir. Tudo o que sabe é que precisa sair do hospital. Tira o carro da garagem, examinando a calçada em busca de qualquer pessoa suspeita. Segue para o leste e entra na rodovia FDR.

Um barulho vindo do banco de trás o deixa nervoso. Pelo retrovisor, ele vê um homem ali, uma silhueta contra a luz do anoitecer.

O homem está calmo, tranquilo.

– Continue dirigindo – ele diz, e aponta para o norte. – Aviso quando tiver que virar.

Reynolds sabe que não tem escolha. Sabe que é o fim.

Suas mãos escorregam no volante. Enquanto dirige, pensa apenas em sua esposa e em seus filhos. O aniversário em que o surpreenderam com o jogo dos Mets. Nina sempre odiou dirigir na estrada, então foi ele que assumiu a direção.

"Quer uma dica? Avise quando quiser a primeira dica", ela disse. Jackson ria no banco de trás, divertindo-se com a ideia de compartilhar um segredo com a mãe. Peter era novo demais para entender.

Reynolds quase consegue vê-los ali. Ele se perde nas lembranças ao dirigir, mantendo os olhos na estrada enquanto pega a 95th e vira para o oeste. É a voz do homem, vinda de trás, que o puxa de volta.

– Vire aqui.

O cano da arma está enfiado embaixo do encosto de cabeça, entre as barras de metal que o prendem ao assento. Reynolds o sente, gelado, contra o pescoço. Ele olha para a saída da estrada. Há uns poucos prédios espalhados; as janelas estão escuras.

– Aqui?

– Foi o que eu disse.

Ele pega a saída. O homem aponta para um estacionamento vazio. Reynolds para em uma vaga no fundo e desliga o motor. Quando apaga os faróis, sabe o quanto estão isolados.

– Não contei nada pra eles – diz.

O homem se inclina sobre o banco da frente e aperta o botão para destravar as portas. Ele usa luvas de couro.

– Deixe-me falar com Cal sobre isso – Reynolds continua. – Estou perto de conseguir o segundo lote da droga, deve chegar essa semana. Podemos resolver tudo isso.

– Saia do carro.

– Diga pra ele me encontrar aqui, eu vi os alvos. Posso contar tudo sobre eles. Talvez ajude.

Reynolds continua falando, mas faz o que o homem manda. Uma brisa sopra do rio Hudson, passa pelo espaço entre os prédios e atravessa, cortante, o fino jaleco branco do médico.

– Nada disso importa agora. Eles sabem quem é você.

O homem diz isso como se a explicação bastasse. Então aponta a arma na direção da ponte George Washington. A enorme estrutura cinzenta está iluminada, em contraste com a silhueta de Nova Jersey.

– Posso fazer mais por ele, se continuar vivo.

– Apenas ande – o homem diz. – Você tem tempo para se acostumar à ideia. Estarei logo atrás de você.

CAPÍTULO VINTE E NOVE

O TELEFONE PÚBLICO TEM CHEIRO DE CIGARRO. As teclas estão sujas, as laterais de metal cobertas de adesivos com propaganda de bandas, chaveiros e serviços de guincho. Depois de três toques, Celia atende. Ao fundo, você consegue distinguir o barulho de um escritório cheio de gente e depois uma sirene desaparecendo, até fazer silêncio.

– Sou eu.

– Fico feliz. Como está? Onde está? – ela responde.

– Ainda em Nova York. Encontramos um dos médicos que trabalham para o GAA. Tem uma caneta?

Você a ouve mexendo nos papéis da mesa. Uma gaveta abre e fecha.

– Pronto...

– O nome dele é dr. Richard Reynolds. Trabalha no Hospital Bellevue. É ele quem fornece a droga e conhece o líder da organização. Um cara que chamam de Cal. Ele confirmou que ambos se encontraram meia dúzia de vezes em Nova York.

– O que quer dizer com "ele confirmou"? Foi conversar com ele? Não deveria...

– Sinto muito, mas tive que fazer isso. A gente precisava de respostas. Mas agora o GAA sabe que encontramos ele.

Há uma longa pausa. Você olha para o estacionamento do restaurante, um lugar chamado Golden Coach. Enquanto a ouve respirando, cutuca a beirada de um dos adesivos e o descola do metal. Celia não responde. Você não consegue contar-lhe sobre Salto.

– Estávamos tentando conseguir ajuda.

– Eu sei. – Ela suspira. – Mas por enquanto concentre-se em se manter viva. Quando tiver algo de concreto, ligue pra mim, e deixe que cuido do resto.

– Tenho que ir.

Ela fala mais alguma coisa, porém o aparelho já está longe do seu ouvido.

Talvez devesse ter ligado para ela e contado sobre Reynolds. O GAA nunca teria descoberto que vocês o procuravam. Ela poderia ter encontrado outro jeito de trazê-lo para o lado de vocês. Se tivesse feito isso, talvez Salto não tivesse sido baleada.

Atravessando o estacionamento, você volta para o carro roubado. Rafe parou no lado oposto ao da lavanderia, entre duas minivans. Foi ideia sua pegar um carro na garagem do hospital.

Você precisou usar o banheiro de uma cafeteria para trocar de roupa e colocar o vestido, a echarpe e os sapatos que tinha usado no trem. Disse à atendente que havia esquecido o tíquete, enquanto apontava para um dos carros prateados parados lá no fundo.

– Aquele é o meu – você falou.

Trinta e dois dólares depois, estava tudo certo.

– O que sua policial disse? – pergunta Rafe.

– Disse que daria uma olhada – você responde.

– Até parece que ela vai conseguir encontrar o cara. Provavelmente já sumiu faz tempo.

Você revira o porta-luvas e passa para Rafe uma bala vermelha e branca. Ele a desembala e coloca na boca. A lavanderia está fechada. As portas de vidro estão cobertas com papel pardo e toda a loja está escura. O restaurante chinês ao lado também está fechado, com um cartaz na frente que diz PASSA-SE O PONTO. Vocês estão aqui há duas horas e não viram ninguém entrar ou sair.

– Podemos tentar entrar – você diz. – Só que...

– Câmeras – ele completa. – Eu sei. Se estiverem observando, estamos ferrados.

Você olha para o rosto dele de perfil. A mandíbula se movimenta enquanto chupa a bala. Os cílios são tão grandes que parecem falsos. Você ainda não falou a respeito de Ben, não ousou dizer o nome em voz alta.

– Não precisa se preocupar com Ben – você se explica. – Qualquer dúvida que tiver...

– Agora já sabem que ele está ajudando a gente. O que significa que virão atrás dele.

– Eles virão atrás de todos nós – você diz.

Rafe se vira e cospe a bala pela janela.

– É diferente – ele rebate.

– Ben nos arrumou um contato. Trouxe a gente até aqui. É mais do que tínhamos antes.

– É – Rafe ironiza. – Fale isso pra Salto.

– Não foi culpa do Ben – você insiste.

Rafe esfrega a nuca e olha para você, estreitando os olhos.

– Acha mesmo que é uma boa ideia tê-lo por perto? Alguém que *trabalhava* para o GAA?

– O que quer que eu diga?

– Não sei. Que foi um erro, que não deveria ter trazido ele de volta. Não precisamos mais dele e você é a única que pode falar pra ele ir pra casa.

– Ele não pode ir pra casa, Rafe. – Você não quer levantar a voz, mas não consegue evitar. Está aborrecida. – Estão seguindo ele agora. E quer você goste ou não... nesse sentido, ele é um de nós.

Rafe ri, balançando a cabeça.

– O quê foi? – você questiona.

– Você quer que ele fique aqui.

– Não – você diz. – Eu não queria.

Você sente uma onda de culpa e se pergunta se Rafe está certo. Seus pensamentos voam longe, para o momento em que Ben encostou os lábios em sua testa. Ele disse que te amava. Como pode afastá-lo depois disso?

Rafe comprime os lábios.

– Eu só... odeio que ele esteja aqui – ele reconhece.

– Eu sei – você fala.

– Odeio ele ter sido o cara que ficou com você em Los Angeles. Parece injusto.

– E é. Tudo isso é injusto.

Ele abaixa a cabeça e olha para a sua mão sobre o console. Ele a segura. Um sentimento caloroso se espalha pelo seu braço, despertando todo o seu corpo. Os dedos dele envolvem os seus.

– Eu te quero de volta – ele diz. – Odeio me sentir assim.

Você olha para a rua lá fora. Um carro passa. Por um momento, o rosto de Rafe é iluminado pelos faróis, que fazem os olhos escuros dele assumirem um tom dourado. Quando, por fim, você desvia o olhar, demora um pouco para notar a moto parada ao lado da lavanderia.

– Aquilo não estava ali antes, estava?

Rafe levanta os olhos.

– Com certeza não.

Você sai do carro e Rafe dá a volta. Ele levanta o capuz do moletom e cobre a cabeça.

– Não tem câmeras daquele lado do prédio – você nota, analisando a beirada do telhado.

– Quem quer que tenha chegado na moto já deve ter entrado. Precisamos pegá-lo na saída.

Rafe vai até a moto e você puxa o canivete detrás da cintura. Finca a ponta da lâmina no pneu da frente, revirando-a na borracha até ouvir o ar escapando.

Enquanto Rafe corta o pneu traseiro, você revista a moto, procurando qualquer pista que possa revelar a identidade do dono. Levaram o capacete. Há uma corda amarrada no banco traseiro para carregar coisas, mas não há nada preso a ela. Você para quando ouve o barulho da porta dos fundos da lavanderia se fechando, seguido do som oco de saltos sobre o asfalto.

Rafe alcança a esquina antes de você, bem a tempo de surpreender a mulher. Ela não tem a chance de pegar a arma presa à cintura. Deixa o capacete cair quando Rafe a agarra e torce seu braço atrás das costas.

Você puxa a arma do coldre na cintura dela, parcialmente encoberto pela jaqueta de couro. Os cabelos castanho-claros cobrem o rosto dela. A mulher não deve ter mais que trinta anos; suas bochechas têm marcas profundas de acne e seus olhos estão contornados por linhas espessas e irregulares de delineador preto.

– Quem diabos é você? – ela pergunta. – O que você quer?

Você prende a arma atrás da calça e então revista os bolsos da jaqueta dela. Encontra uma carteira, chaves, um celular. Ela também tem um envelope cheio de dinheiro. Apenas notas de cem.

Você abre a carteira, procurando o endereço dela. Krista Pollack. De Long Beach, Nova York. Três notas de um dólar amassadas e uma raspadinha intacta.

– Este é o seu pagamento? – Você levanta o envelope. – Por qual trabalho? É uma Vigia? Articuladora? O que faz pra eles?

Ela tenta escapar de Rafe, mas ele a segura.

– Não sei do que está falando.

– GAA – você diz. – Nos poupe.

Rafe sinaliza com a cabeça e sussurra algo. Demora um instante para perceber o que ele quer dizer: a arma. Você a puxa do cinto e a levanta, mirando na parede de tijolos ao lado da mulher. Só o ato de segurar a arma já te deixa desconfortável.

– Precisamos saber como está envolvida com o GAA e o que está fazendo aqui – Rafe repete.

Ela olha para arma e seu corpo começa a tremer.

– Articuladora – ela finalmente diz. – Sou uma Articuladora. Este é meu pagamento, está bem?

– Você só pegou o dinheiro aqui? – você pergunta. – Ou se encontrou com pessoas lá dentro? Queremos nomes.

– Nunca encontrei ninguém. Não tem ninguém. Não tem nome, sobrenome, nem contratos. Eu sequer sei o nome da pessoa que me contratou. Não sei, juro que não… – ela baixa a voz, ainda olhando para a arma.

– Diga alguma coisa útil para nós. O nome do seu caçador. O que sabe sobre eles? – Você mantém a arma levantada.

Ela olha para o chão e diz com a voz trêmula:

– Eu juro, já falei, não sei nada. Fui atrás de um anúncio de emprego que vi na internet e, a partir daí, tudo foi feito por telefone. Nunca me encontrei com ninguém.

– Mentira – Rafe contesta, embora você não esteja tão certa disso. Você se lembra do que Ivan, seu primeiro Articulador, disse naquela noite no Griffith Park. Como se aproximaram dele, o que ele sabia... tudo bate com o que ela está dizendo. – Então como recebe suas instruções?

– Recolhi um envelope, umas duas semanas atrás. Tinha um rastreador dentro. Eu deveria seguir os movimentos de alguém que usava um dispositivo de rastreamento. Só tinha que seguir o cara, não sabia bem o que eu estava fazendo até o fim...

– O *fim*? Por que não fala de forma direta? Você está retirando seu pagamento gordo porque algum inocente está *morto*. – Rafe envolve o pescoço dela com o braço. As feições dele mudam quando as sobrancelhas se juntam, e, por um instante, parece um estranho. Ele pressiona a garganta dela, bem abaixo do queixo. – Vou avisar mais uma vez. Diga alguma coisa útil para nós.

Suas mãos hesitam. É difícil continuar segurando a arma. Krista fecha os olhos, mas não consegue disfarçar a expressão. O queixo dela está tenso e enrugado, lágrimas escorrem em seu rosto.

Quando fala, as palavras saem em tom baixo e cansado, a voz rouca com Rafe apertando seu pescoço.

– Quando vim aqui retirar minhas instruções, já tinha alguém no prédio. Eu não entrei. Ainda não sabia com quem estava lidando, então esperei no beco, na moto. Pela janela, ouvi um homem ao telefone dizendo algo... sobre o encontro com os escolhidos. Eu me escondi para que não me visse quando saísse.

– Encontro com os escolhidos? – você pergunta. – Onde? O que isso quer dizer?

– Não sei. Esperei até ele ir embora pra entrar.

Você sinaliza para Rafe, mas ele não se mexe. Ele mantém o braço em volta do pescoço dela.

– Já chega – você ordena. – Relaxa.

Ele a solta e pede que lhe passe a arma. Você a entrega.

– Temos que ir – você diz.

Rafe não sai de perto da mulher. Ele mira nas costas dela, entre as escápulas.

– Rafe – você diz. – Vamos lá. Deixe ela aqui.

– Pega a corda pra mim. – Ele aponta para a traseira da moto.

Você traz a corda grossa enquanto ele prende a arma no cinto. Rafe amarra as mãos dela, subindo e descendo pelo braço e depois voltando para os punhos. Quando está bem presa, ele a prende a um medidor de água que se projeta para fora da parede de tijolos. Antes de partir, você pega o celular da mulher e procura algo que possam usar nos contatos e nas mensagens. Não há nada. Você tira a bateria e a esmaga na calçada com o salto do sapato.

– Ela não tem telefone, e os pneus da moto estão furados. Não tem como sair daqui – você avisa. Ainda assim, ele demora um pouco para se afastar.

Atrás da lavanderia há uma mata densa. Ele poderia jogar a arma ali, mas a mantém no cinto. Rafe permanece calado enquanto te segue até o carro.

CAPÍTULO TRINTA

– NÃO PRECISAMOS DISSO – VOCÊ DIZ, mais do que ciente da arma, visível sob a camiseta dele.

Estão de volta a Manhattan. A entrada do armazém fica em algum lugar mais à frente. Aggy enviou uma mensagem ensinando como chegar à nova base. Eles deveriam procurar pelas portas de metal vermelho-escuro na calçada, que levam a um depósito embaixo do armazém. Vocês largaram o carro dez quarteirões antes, em um outro estacionamento, esperando que, ao deixá-lo lá, tenham um ou dois dias de vantagem antes de alguém perceber que é um carro roubado.

– Não precisamos disso, até precisarmos – Rafe rebate. Ele ajeita a camiseta para cobrir a cintura. – E aí precisaremos disso de verdade.

A ideia de vê-lo usando a arma te deixa desconfortável, mesmo que talvez seja necessário. Era ele que vinha insistindo tanto para que você não ultrapassasse esse limite. Na ilha, quando eram caçados, ele não queria que o jogo te mudasse. Dizia que você não era como eles.

– Temos um nome agora – você observa. – E a carteira de habilitação de Krista, com o endereço. Posso levar Celia até ela.

– E Celia vai fazer o quê? Interrogar? O que isso vai mudar?

– Não sei, mas pelo menos estamos chegando mais perto. – Você abaixa o tom da voz quando atravessam a rua, passando por duas mulheres de salto alto e vestidos que brilham sob a luz dos postes. Uma delas estende o braço para chamar um táxi. Quando o táxi acelera, vocês se aproximam das portas de metal, trancadas por dentro.

– Temos que ser realistas – Rafe diz. – Eles podem encontrar a gente antes de encontrarmos eles. Temos até amanhã de manhã, no máximo, até alguém notar nossa amiga lá na lavanderia.

Você olha para a esquina, assegurando-se de que não tem ninguém vindo. Há um grupo de pessoas andando na direção contrária, rumo à 44th Street. Estão de costas para vocês.

Você bate na porta rapidamente. Duas batidas. Ben demora apenas um minuto para abrir.

– O que houve? – A primeira coisa que nota é a camiseta dele, a mancha de sangue ressecada de quando segurou Salto. Ele ainda está com as mesmas roupas do hospital.

– Como ela está? – Ao descer para o depósito subterrâneo, você vê Salto, adormecida em um canto, usando a mochila de alguém como travesseiro e uma camiseta limpa enrolada no braço como bandagem. A sala de concreto tem cheiro de serragem. Há paletes de madeira empilhados contra uma parede, e uma única lâmpada pendurada no canto. Devon e Aggy se sentam quando veem você.

– Ela estava sentido muita dor – diz Ben. – Demorou um pouco para dormir.

– Não deveríamos ter saído. – Aggy olha para você enquanto fala. Os olhos dele mal estão abertos, e a pele abaixo deles, avermelhada.

Você senta no chão, segurando os joelhos. Não tem o que dizer: pediu que confiassem em você, e Salto se machucou. E agora precisa contar-lhes que aquilo não serviu para nada.

– O que descobriram? – Devon pergunta.

– Encontramos uma Articuladora, mas ela não sabia de muita coisa. Só algo sobre um encontro "dos escolhidos"... o que quer que isso seja.

Devon e Aggy dão de ombros ao ouvir a frase.

– Amanhã é 11 de outubro – Ben sugere. – Talvez tenham uma reunião, alguma coisa com os caçadores? Ela não falou mais nada?

Você sinaliza que não, balançando a cabeça. Foi assim que o GAA sobreviveu por tanto tempo: uma elaborada rede de pessoas, todas cumprindo tarefas especializadas, individuais, e mantidas quase completamente no escuro.

– Vou passar informações sobre ela para o meu contato em Los Angeles – você avisa. – Ela deve descobrir alguma coisa.

Aggy sacode a cabeça.

– Sim... claro. Vamos continuar esperando por isso.

– Então aonde chegamos? – Devon questiona.

– Não chegamos a lugar nenhum – Rafe responde, olhando para Ben. – E agora os caçadores sabem que estamos atrás de informações sobre o GAA. Perdemos nossa vantagem.

O rosto de Ben fica tenso, e ele responde:

– Vocês nunca tiveram vantagem. Eu estava tentando ajudar. Sem mim, vocês não teriam...

– Sem você, não teriam atirado em Salto. – Ao falar, Rafe se inclina para a frente. Você consegue notar uma sutil mudança na postura dele: um pé na frente do outro, o corpo virado, como se estivesse preparado para lutar. Não é uma ameaça, mas chega perto disso.

– Fui eu quem falou pra gente ir – você diz. – Se quer culpar alguém, culpe a mim.

Rafe anda pelo estreito porão e se distancia do grupo. Puxa uma camiseta limpa da mochila. Você se pergunta se ele vai mencionar a arma para os outros. Mas então vê quando ele a coloca dentro da mochila, escondendo-a debaixo de uma calça jeans velha.

– Resolvemos o que fazer pela manhã – Rafe põe fim à discussão. – Lena vai ligar para o contato dela.

Quando Rafe joga a mochila no chão, Ben vem até você, e vocês dois se sentam juntos em um canto. Rafe vira a cabeça para observá-los.

– Você está legal? – Ben quer saber. Sua mão está apoiada no chão, entre vocês dois, e Ben coloca a mão dele na sua. O calor é reconfortante. Você sabe que ele não te culpa. Deve ser o único.

Ben pega um cobertor de cima de um palete e te entrega. Você dá um sorriso, grata por ele estar ali.

– Eu vou ficar...

Você deita a cabeça sobre o cobertor, olhando Devon se esticar para apagar a luz. Leva alguns segundos para seus olhos se acostumarem à escuridão. Você sente Ben apertando seu ombro antes de voltar para o outro lado do porão.

Logo, o som de respirações preenche a sala. Acabou de passar da meia-noite, e todo mundo apagou. Você quer dormir, mas não consegue parar de pensar no código, *encontro dos escolhidos*. Se eles vão se encontrar amanhã – esta noite – no dia 11, faria sentido ser em algum lugar na cidade.

Você se senta, tateando o chão em busca de sua mochila. Pega o bloquinho rasgado e começa a rabiscar. Será que Ben está certo? Onze de outubro? Você imagina algumas possibilidades e, depois de um tempo, liga o celular para conferir a hora. A tela mostra 00h14.

Será que o código significa um horário? Como 1h11 da manhã ou da tarde? Ou… você de repente se lembra do grafite de Connor. Seria um lugar? Cruzamento da 1st Street com a 1st Avenue? A rua é muito longe, ao norte, mas você poderia ir até lá também. Talvez não seja uma pista. Talvez não seja nada. Mas vale a pena tentar descobrir.

Você tira o vestido e veste roupas casuais, com cuidado para não acordar ninguém. Arriscaram muita coisa por você, e não deixará que façam isso de novo.

Esta noite, você está por conta própria.

CAPÍTULO TRINTA E UM

O PARQUE ESTÁ FECHADO, COM OS PORTÕES trancados. Você teve que subir em uma caçamba de lixo para pular a cerca. Do alto do playground, tem uma boa visão da esquina. Senta-se ali, escondida atrás de um escorregador de plástico, e observa.

Só leva alguns minutos para alguém se aproximar. Um homem, de quase um metro e noventa de altura, usando uma camisa azul-clara. Com cabelo grisalho nas têmporas. Não parece o tipo de pessoa que circularia por essa vizinhança à uma da manhã. Ele vai até um expositor de jornais na esquina da 1st Avenue. Pega um jornal gratuito e sobe o quarteirão em direção ao norte.

Você confere o horário no celular: 1h02. Ele é a quinta pessoa que passa desde que você chegou. Não era óbvio, a princípio. Você olhava para a esquina oposta, examinando restaurantes e bares para ver se encontrava sinal de pessoas indo para algum lugar específico. Mas as pessoas continuavam voltando ao expositor de jornais de plástico verde. Na lateral dele está escrito IMPRENSA LIVRE. Uma a uma, elas pegavam o jornal e seguiam na direção norte.

Quando o homem vai embora, você observa a rua, esperando para ver se alguém se aproxima.

Você mantém a cabeça baixa ao chegar perto do expositor. Pela tampa de plástico, pode ver os jornais empilhados. Pega o de cima e segue na direção oposta à dos demais, virando para o oeste na 1st Street, onde a multidão se dilui.

Espremida no vão da porta mais próxima, você abre o jornal e lê os artigos em busca de algum código decifrável. Um cartão branco de papel grosso cai, flutuando até seus tênis. À primeira vista, parece não conter nenhuma informação, mas quando você o segura sob a luz da rua, nota que há algo escrito ali: letras brilhantes que só ficam visíveis quando ele é balançado para a frente e para trás, de um lado para o outro.

275 w 12

Você tira o celular do bolso: 1h08. Começa a andar, rente aos prédios, sabendo que não tem muito tempo. São quase 1h11.

A reunião está prestes a começar.

CAPÍTULO TRINTA E DOIS

As janelas da casa no número 275 da West 12th Street estão iluminadas. Você se esconde algumas casas abaixo, na cerca viva de outra casa antiga muito bem cuidada. Essa vizinhança é mais agradável que qualquer outra por onde já andou. Você quase se perdeu no labirinto de ruas.

Outra mulher sobe o quarteirão. Ela está usando calças de corrida, tênis e um boné com a aba curvada, cobrindo os olhos. Os cabelos estão presos em um rabo de cavalo. Ela entra pelas escadas da frente e desaparece dentro da casa. As portas não parecem estar trancadas.

É a sétima pessoa que você vê entrar. Você muda de posição, aproximando-se da cerca viva para conseguir um ângulo que te permita enxergar pelas janelas da frente. Na entrada, há um homem em pé, que parece ser um mordomo. Ele entrega alguma coisa à mulher: uma peça de roupa. Quando ela a veste, você sorri. Sua silhueta é perfeitamente visível pelo vidro. Ela está usando uma jaqueta dourada curta com um enorme capuz. O tecido cai sobre a testa, projetando uma sombra sobre o rosto dela.

Os caçadores escondem a identidade uns dos outros.

Enquanto mais uma dúzia de pessoas, todas usando estilos

de roupas diferentes, entram na casa e recebem suas jaquetas, você percebe como teve sorte. Começa a parecer plausível que você consiga se passar por um deles, mesmo de jeans e moletom. As mangas cobririam seu pulso e esconderiam sua tatuagem, mas você leva sua pulseira só para garantir.

São quase duas da manhã quando o fluxo constante de pessoas diminui, e então se interrompe. Parece ser a sua chance.

Você segue na direção da casa, mantendo a cabeça abaixada, caso as câmeras estejam filmando. Prende a respiração até ter subido as escadas e passado pelas primeiras portas. Neste momento, todos já entraram. Está completamente escuro lá dentro, e o mordomo sumiu. Onde ele estava, há um cartaz, ao lado de uma pilha perfeitamente arrumada de jaquetas com capuz: É NECESSÁRIO VESTIR-SE ADEQUADAMENTE A PARTIR DESTE PONTO.

Você pega uma e veste, certificando-se de que o capuz esteja baixo o bastante para ocultar seu rosto. Consegue ouvir vozes vindas do segundo andar. Alguém toca piano.

No andar de cima, mais de quarenta pessoas estão reunidas em uma sala ampla, todas de capuz. Você imediatamente examina as calças e os sapatos deles, para ter certeza de que não há nada que te entregue. Há sapatos engraxados e sapatos de salto alto bege, tênis de corrida e até mesmo sandálias. Jeans e calças sociais pretas, calças de moletom e *leggings*. Não há nada que te diferencie dos demais.

O salão é impecável, com teto alto e abobadado e uma enorme lareira de mármore. Uma das paredes é coberta por uma pintura de quase três metros de altura. Uma mesa está montada com delicados canapés, e de ninguém estar comendo. A maioria das pessoas olha para um homem no canto oposto. A música do piano para.

– Esta noite celebramos uma das maiores façanhas na história de nossa organização – o homem discursa. – A bem-sucedida transição para a mais nova fase de nosso jogo: a Migração. – Ele está em pé ao lado de um comprido sofá de couro com três pessoas sentadas. Pelos sapatos, pode-se dizer que uma delas é mulher. – IX teve a honra de concretizar a primeira morte. Uma façanha impressionante, mesmo para um caçador que tem visitado a ilha por mais de dez anos, que só nesse último verão contabilizou sete mortes.

Você leva um tempo para assimilar o significado daquilo. Ele está se referindo a um caçador por meio de um número. A pessoa à sua frente se vira e se inclina, de forma que você consegue ver apenas os lábios dela na penumbra.

– No verão passado, só consegui duas. Acho que sempre é possível melhorar. – Ele ri.

– XXV também conseguiu uma morte, o Falcão. Alguns de vocês o encontraram na ilha no mês passado. Um prêmio de causar inveja, todos devem concordar. – Então o homem se vira, apontando para o caçador na ponta oposta do sofá. – Como todos já perceberam, os desafios de matar alguém na cidade, nessa ou em qualquer outra, têm sido formidáveis. XLII conquistou um de nossos prêmios mais difíceis em Nova York. Usando outro alvo como isca, XLII encontrou Píton on-line e então o atraiu para fora do esconderijo. Ele matou Píton à luz do dia, no meio de um parque lotado de gente. Reverenciamos seu comprometimento com a caçada e com a nossa organização.

O parque lotado. Píton... Connor. Está falando sobre Connor.

– E, por fim, – o homem prossegue, e seu tom de voz parece mais leve, quase como se estivesse rindo –, tenho a estranha tarefa de premiar a mim mesmo esta noite. Que conste nos registros que o quarto medalhão foi concedido ao I, pela Lebre.

Os três caçadores se apresentam e o homem entrega um medalhão de ouro a cada um deles, guardando o quarto para si. Você observa melhor o orador, tentando descobrir o que puder a seu respeito. Quem quer que seja, é claramente uma pessoa importante; não passou despercebido o fato de ele responder pelo numeral romano I. Ele é o primeiro. Pode ser quem comanda o GAA, pode até mesmo ser "Cal", o líder mencionado por Reynolds.

Cada medalha tem um animal entalhado no verso, e elas brilham à meia-luz. Quando o orador passa uma delas para XLII, o homem faz um sinal com a cabeça para a multidão presente. Há alguns aplausos e reverências dirigidas ao responsável pela morte de Connor.

– Agora, recitemos o juramento que nos une – diz o líder.

Alguns caçadores abaixam a cabeça, e todos começam a falar como se fossem um só. Você se aproxima da parede e murmura baixinho, esperando esconder o fato de que não sabe o que dizer.

– A vida só é vivida por completo quando se conhece a morte. Juntos rastreamos, lutamos, matamos. Mantemos o segredo de nossos irmãos e irmãs, buscando a morte antes da traição. Sozinhos, fomos à ilha, e a ilha nos mudou. Levaremos estes segredos até o nosso fim.

Tais palavras te deixam paralisada. As vozes são tão uniformes e monótonas que preenchem a sala como um sino de som grave. Você demora um pouco para perceber que a cerimônia se encerrou e a multidão se dispersou. Alguns caçadores conversam enquanto pegam comida das bandejas.

Você se aproxima do homem que comandou o juramento, notando o discreto volume de uma carteira no bolso traseiro de suas calças cinza. Logo abaixo da barra da jaqueta. Ele conversa com o caçador que matou Connor, com a mão apoiada no braço dele.

– Tenho contatos lá. As evidências serão perdidas, ou farão confusão com a papelada. Não precisa se preocupar.

Ao chegar mais perto, você se posiciona do jeito que Rafe te ensinou, movendo-se por trás do homem, com a mão direita ao lado do corpo. Rafe fez parecer fácil: dois dedos escorregando para dentro e para fora do bolso. Você praticou uma dezena de vezes aquela noite no trem, e em todas elas Rafe agarrou seu punho enquanto tentava pegar a carteira dele – menos uma. Você diz para si mesma que dessa vez vai conseguir. Tem que conseguir.

Dois passos na direção da mesa, e você apoia a mão nas costas do homem quando passa por ele. Então, usa o polegar para abrir suavemente o bolso e puxar a carteira com dois dedos. Ele dá um passo para trás. Você quase tropeça, perdendo o equilíbrio, mas, assim que se afasta, a carteira já está na sua mão.

CAPÍTULO TRINTA E TRÊS

O BANHEIRO É TODO DE MÁRMORE BRANCO; a tranca, de ouro maciço. Você deixa o prendedor de dinheiro prateado na beirada da pia e tira o capuz. Mechas de cabelos negros caem sobre seu rosto e sua testa. Você respira fundo, olhando-se no espelho. Ele não sentiu você pegar a carteira nem notou que ela havia desaparecido. Se tivesse percebido, já teria ido atrás de você.

Você conta o dinheiro: setecentos dólares no total. Há também um cartão de crédito preto com o nome Theodore Cross, mas é só isso. Você vira o prendedor na mão, procurando mais alguma coisa. Nenhuma carteira de motorista. Nenhum endereço.

Alguém bate à porta e você agarra o dinheiro, tentando colocá-lo de volta no prendedor. Já notou a pequena janela do outro lado do banheiro. Ela não tem mais de sessenta centímetros de altura e um metro e vinte de comprimento; é um mosaico de vitral. Se for preciso, deve conseguir sair por ali. Você veste o capuz, depois esconde o prendedor de dinheiro na cintura.

Quando destranca a porta, passa por um homem alto que segura um copo com um líquido âmbar. Ele acena com a cabeça para você, com o rosto enfiado no capuz, e ocupa seu lugar no banheiro, fechando a porta.

Você observa o salão, tentando encontrar o homem que acabou de roubar. Ele saiu do canto onde estava e é praticamente impossível diferenciar uma pessoa da outra nessas jaquetas com capuz. Então você olha para as calças e sapatos, tentando se lembrar o que ele estava vestindo. Ao andar no meio da multidão, uma mulher nota sua presença.

– Perdeu alguma coisa? – ela pergunta, com seu olhar ao chão.

– Não. Está tudo bem – você responde. Quando levanta a cabeça, vê que ela está te observando, e você se pergunta se é possível que ela te reconheça, mesmo com o capuz. Todos estudaram fotografias suas. Será que podem te reconhecer só pela altura, pelo formato do corpo?

De repente, você o localiza atrás dela: as mesmas calças acinzentadas, com um brilho leve. Você se vira antes que ela possa dizer mais alguma coisa. Theodore Cross... Caçador número I. Você passa por ele, devolvendo o prendedor de dinheiro para o bolso, e segue na direção da porta.

– Com licença – alguém diz atrás de você. O salão está barulhento o bastante para você não saber ao certo com quem a pessoa está falando. Mas depois ela repete e pega em seu braço, mas você continua andando, espremendo-se entre dois homens que riem.

– Estou falando com você. O que acabou de fazer?

É a mesma mulher de antes. Ela deve ter visto você colocando o prendedor de volta no bolso de Cross.

– Desculpe – você diz. – Não sei do que está falando.

Você mantém a voz firme. Depois dá de ombros, só um pouquinho, fingindo estar confusa. Ela está prestes a dizer mais alguma coisa, porém você já se virou, desceu as escadas e desapareceu, antes que a mulher pudesse compreender o que tinha acabado de ver.

CAPÍTULO TRINTA E QUATRO

THEO FICA OLHANDO PARA O PRENDEDOR DE dinheiro sobre a cômoda. Não tocou nele desde que voltou da cerimônia, na noite anterior. Olhou para o objeto dez vezes nas últimas duas horas. Já era rotina: nada de carteira de motorista; cartão de crédito, apenas para emergências, escondido no meio das notas. Será que está ficando louco? Ou alguém mudou o cartão de lugar?

O cartão está do lado de fora, bem abaixo do prendedor. Ele nunca o colocaria nessa posição. É só força do hábito, mas parece estranho... errado. Vira o objeto nas mãos, tentando não pensar demais. A mulher – XXVIII – disse ter visto alguém sair mais cedo do local. Alguém que ela achava que não devia estar lá. Mas será que ele pode confiar no que ela viu?

Ele coloca o prendedor de volta no bolso e sai do *closet*. Helene está perto de seu porta-joias, colocando os brincos. O vestido está aberto, expondo a parte de trás do sutiã.

– Você parece exausto – ela observa. – Não devia ter pego o voo noturno. Da próxima vez, fique em São Francisco. Esses voos sempre acabam com você.

Ele para ao lado dela e fecha o zíper do vestido. Apoia as mãos sobre os ombros da esposa enquanto ela coloca o outro brinco.

– Você tem razão, não vou pegar da próxima vez.

– Gene e Nora estão ansiosos pra te ver – ela diz. – Você faz bem em ir. Gene não tem passado muito bem.

É difícil ver Gene nesse momento. O corpo frágil, a caminhada lenta e arrastada. Parece que ele está demorando uma eternidade para morrer. Theo odeia ver isso. Gene, amigo de faculdade, padrinho da filha deles, Alana. Ele fica olhado para Theo com aqueles olhos doentes e fundos, e é como se proferisse as palavras: "Algum dia será você".

– É, vai ser bom vê-lo – Theo diz.

Helena entra no *closet* para pegar o suéter dourado que sempre usa com esse vestido. Theo coloca a mão no bolso da calça. De volta ao prendedor de dinheiro.

XXVIII havia dito que a mulher que viu na cerimônia tinha estatura mediana. Usava tênis e jeans por baixo da jaqueta. Olhos escuros. Ele fica se perguntando se foi imprudente. Eles alertaram sobre a garota, sobre Pássaro Negro. Não foi ela que ameaçou Reynolds? Que converteu o próprio Vigia? Theo imaginava que já estivesse morta a essa altura, mas ela persiste, apesar de tudo. A jovem está trabalhando com outro alvo, aquele garoto. Ela encontrou outras presas da ilha.

É improvável que alguém acredite nela, caso eles procurem a polícia. O argumento deles não é muito convincente. Contudo, depois daquele vacilo no Morningside Park... aquele *erro* lastimável. Theo odiou ter que dar uma medalha àquele idiota por uma morte tão descuidada. As coisas agora estão incertas.

Ele pega o prendedor de dinheiro do bolso de trás e o vira de um lado para o outro, olhando fixamente para o cartão de crédito por fora das notas.

– Theo? Está tudo bem? – Helene aparece na porta.

– Sim, agora estou bem – Theo diz, voltando a guardar o prendedor no bolso.

CAPÍTULO TRINTA E CINCO

O NÚMERO 98 DA VESTRY STREET É um prédio de metal com dois homens na frente, vestindo ternos vinho com detalhes dourados. Um está parado ao lado da calçada, o outro junto à porta dupla. Você usa roupas que pegou de um bazar beneficente cinco minutos antes de fechar: um suéter preto e calças jeans. Rafe está pior, com um rasgo no ombro do agasalho de moletom. Você sabe que o porteiro vai te barrar se simplesmente tentar entrar.

– Podemos voltar pra pegar o vestido – você diz.

Isso faz Rafe sorrir.

– Aquele vestido... sua passagem pra qualquer lugar.

– Já passa das nove. Está tudo fechado.

– O prédio não é tão alto. – Rafe fica olhando para ele do outro lado da rua. – É na cobertura, certo?

– Pareceu que sim, pelo que descobri na internet.

Mais cedo, você entrou em um cibercafé e procurou por Theodore Cross. Surgiu um artigo sobre a esposa dele, Helene, elogiando as qualidades dela como decoradora de interiores e dando o endereço de um novo edifício ecológico próximo ao rio Hudson. Theo foi mencionado rapidamente, como financiador e marido adorado, que cedia a todos os pedidos da esposa. Pelas claraboias que podiam ser vistas nas fotos, o apartamento parecia ser na cobertura.

Você olha para os prédios vizinhos. Ambos são mais baixos do que o número 98, chamado de Marquee, com seis andares. O prédio da direita parece ter quatro andares e o da esquerda, três.

– Vamos para os fundos. – Rafe enfia as mãos nos bolsos da frente, até o limite. Você vai atrás, registrando o contorno sutil da arma sob a camiseta dele.

Quando voltou à base, durante a madrugada, contou a todos sobre a cerimônia dos caçadores. Theodore Cross deve ser um dos cabeças do GAA. Talvez *o* cabeça, pelo menos em Nova York. Ben não queria que você fosse procurar por ele, defendendo que seria melhor apenas passar o nome para Celia. Mas Rafe queria encontrar o apartamento do homem logo, pegar Cross antes que ele tivesse a oportunidade de fugir.

Escolher um dos dois fez você se sentir culpada, mas decidiu vir com Rafe. Por mais que queira deixar Celia fazer o trabalho dela, te ajudar, Rafe estava falando uma verdade: quanto mais vocês esperarem, maiores são as chances de ele fugir.

Você dá a volta no quarteirão, passando por uma *delicatessen gourmet* com cestas de geleias e queijos expostas na vitrine. Rafe segura sua mão ao atravessar a rua, olhando para a saída de incêndio dois prédios adiante.

O olhar dele vai da parte de baixo da escada de incêndio até o alto contorno de aço do Marquee, a dois prédios de distância. Há um vão de quase um metro entre os edifícios, mas é próximo o bastante para pularem.

– Você quer ir de uma saída de incêndio para a outra? – você questiona.

– Vale a tentativa.

No fim da viela, você vê um homem de paletó vinho fumando um cigarro. Ele está de costas para vocês. Uma lata de refrigerante impede que a porta se feche.

– Aquilo deve ser mais fácil. – Você aponta para ele. – Se conseguirmos manter aquela porta aberta, temos uma forma de entrar. Você tem algo que eu possa usar?

Rafe tateia os bolsos e tira um pacote de goma de mascar. Amassa, formando uma bola, e te entrega.

– Quer que eu vá junto?

Você sacode a cabeça e aponta para o canto, onde ele pode ficar sem chamar atenção.

– Só vou demorar um ou dois minutos.

O homem ainda está de costas quando você desce a viela. Olhando para trás, certifica-se de que Rafe não está à vista.

– Você deve achar que é a única pessoa que fuma em Nova York – você diz.

Quando o cara se vira, você se dá conta de que ele é mais velho. Está ficando careca no alto da cabeça, e os olhos espiam por trás de pálpebras caídas. Ele solta a fumaça pelo nariz e ri.

– Esta é sua forma de me pedir um cigarro?

– Desculpe. – Você se vira para a rua. – Senti o cheiro quando estava passando.

– O doce perfume do alívio. – Ele tira o maço do bolso. Você dá mais um passo na direção da porta. A goma de mascar está na sua mão esquerda, na altura do quadril. Quando ele pega um cigarro, você pressiona a goma na fechadura. Sua mão já está na cintura quando ele levanta os olhos.

– Se um dia eu passar por...

– Pelo Marquee – ele diz. – É um prédio residencial.

– Bem, se um dia eu passar pelo Marquee, fico te devendo um.

Você se aproxima, ele acende o cigarro. Quando traga, sabe que já fez isso no passado, centenas de vezes. É natural a forma como o segura entre os dedos. Você prende a fumaça nos pulmões. Solta.

Agradece novamente antes de ir para a rua. Rafe está lá, encostado na parede. Está observando um cara no meio do quarteirão. O homem está sentado em um degrau, com um telefone celular no ouvido.

– Tudo certo?

– Deve estar. – O intervalo do porteiro terminou e ele voltou para dentro. – Vamos.

O porteiro levou a lata de refrigerante, mas a goma de mascar obstruiu a fechadura, impedindo a porta de se fechar por um triz. Lá dentro há um longo corredor que leva à salinha onde ficam as lixeiras. À direita, há outro corredor com um elevador de serviço no fundo. Quando você aperta o botão, encosta na parede, cuidando para não ser vista por ninguém que esteja saindo.

O elevador se abre. Vazio.

Você entra, notando o tecido acolchoado que cobre as paredes. O elevador é para entregas, tem o dobro de largura de um elevador comum. Não há câmera de segurança, pelo menos nenhuma visível. Rafe pressiona o botão que leva à cobertura. Há apenas uma.

Quando passam pelo primeiro andar, depois pelo segundo, você sente o pânico aumentando em seu peito.

– E se chegarmos lá e um caçador estiver esperando...?

– Ninguém sabe que viemos. Não tem como.

O botão do quinto andar se ilumina. Só resta um andar e você pega na mão de Rafe. Quando a porta se abre, vocês estão em um corredor que termina em uma porta dupla. Há um quadro enorme na parede, abstrato, com blocos coloridos e gigantescos. Azul, preto, branco.

Pela porta, dá para ouvir os sons abafados de um aparelho de televisão. Rafe tira a arma da cintura, indo na frente. Ele faz sinal para você arrombar a fechadura. Você pega o canivete e enfia a lâmina no espaço entre as duas maçanetas, encontrando o local exato. Com um bom empurrão, o mecanismo se solta.

Atrás da porta há um enorme *loft*. No primeiro andar, cozinha, sala de estar e de jantar. Há um sofá no meio do piso de cimento polido. Uma escadaria leva a outro andar. Há um longo corredor de um dos lados, com três portas.

Você leva um segundo para processar a menina, de cerca de treze anos, sentada no sofá elegante e moderno no meio da sala. A TV vibra com música alta e mostra uma mulher de cabelos volumosos e maçãs do rosto pronunciadas, outra com um vestido frente única de paetês. Os créditos de abertura anunciam um programa chamado *The Real Housewives of Orange County*.

A menina não nota vocês a princípio.

– Quem mais está aqui? – você pergunta, com o canivete na mão.

Ela se vira, assustada.

– Quem é você? O que você quer? – Seus longos cabelos castanhos estão presos em um rabo de cavalo meio solto e suas calças são de cintura baixa, expondo os ossos do quadril. Ela estica o braço e pega o celular.

Você se aproxima, saltando sobre o encosto do sofá. Toma o telefone da mão dela.

– Quem mais está aqui? – você repete.

– Só eu, juro. – Ela parece uma criança, com os olhos acinzentados arregalados e opacos. – Por favor, não me machuque.

– Onde estão seus pais?

– Foram visitar um amigo.

– Fique aqui.

Você desliga o telefone, e o está guardando no bolso de trás quando Rafe sai de um cômodo no fim do corredor. A arma está na cintura dele.

– Nada. Só quartos, banheiros, um escritório.

– Fique de olho nela – você pede. – Eu já volto.

O segundo andar está escuro. Uma sala, quatro quartos, dois banheiros. A suíte principal tem uma parede de vidro, com vista para o rio. Você vai até a escrivaninha, vasculhando as gavetas – a maioria vazia. A primeira tem material de escritório: um bloco de papel grosso, cor creme, com o nome HELENE gravado. Há um caderno, algumas canetas, uma pilha de cartões de aniversário antigos. Todos estão assinados da mesma maneira: "Você é tudo para mim. Com amor, Theo".

Você vai até o guarda-roupa, tateando as prateleiras superiores em busca de um compartimento, como o que encontrou na casa de Goss. Mas não há nada ali. Empurra os cabides e pressiona todas as partes do armário, procurando um local onde alguém esconderia coisas de valor. Nada.

Há apenas uma foto emoldurada: uma mulher com uma garota pequena, levantando-a no ar. Nada de Cross.

Você examina os outros cômodos, procurando em estantes e gavetas. Quando volta ao andar de baixo, a menina ainda está sentada no sofá. Ela observa Rafe vasculhar os armários da cozinha.

– Seu nome – você diz. – E como seus pais se chamam?

– Alana Cross. Minha mãe é Helene e meu pai é Theodore.

– Seu pai tem armas? – Rafe pergunta.

– O quê?

– Armas. – Rafe levanta o revolver dele.

– Não... é claro que não. – A menina cruza as mãos sobre o colo. – Se querem dinheiro, basta ligarem pros meus pais. Eles vão dar tudo o que quiserem.

– Não queremos dinheiro – você responde. – Estamos procurando uma pessoa.

– O que o seu pai faz? – Rafe questiona.

A menina diz algo sobre um fundo especulativo e Rafe age como se ambos soubessem do que ela está falando. Você vai até a estante que ocupa a parede da sala. Pressiona a lombada de todos os livros, esperando ativar alguma coisa. São todos verdadeiros: romances, guias de finanças, grossos livros de fotografia com imagens em preto e branco na capa. Está indo tão rápido que nem nota o estojo de vidro sobre a prateleira ao lado.

– Não toque nisso – a menina grita.

Há uma bola de beisebol dentro de uma caixinha de treze por treze centímetros, em cima de um pedestal dourado. Há um nome escrito com caneta preta.

– O que é isso?

– É do meu pai – ela diz. – Está assinada pelo jogador de beisebol preferido dele. Por favor... é, tipo, a coisa que ele mais gosta na face da terra.

Você se aproxima, analisando o que está escrito.

– Quem é o jogador preferido dele?

– Um cara chamado Cal Ripken. Sei lá...

Rafe olha nos seus olhos e sorri.

– Cal?

– É – responde a menina. – Por quê?

Você levanta a cobertura de vidro. Quando empurra a bola de beisebol, ela não se move sobre o pedestal. Na verdade, não se move de jeito algum. Você tenta puxar e empurrar para baixo. A menina assiste e solta um terrível gemido.

Então você a vira.

Só uma vez, levemente para a direita.

Atrás de você, a parede da sala de jantar desliza, expondo uma passagem oculta.

CAPÍTULO TRINTA E SEIS

– ACHO QUE AGORA SABEMOS POR QUE ele não queria que você tocasse naquilo. – Rafe abre a porta, apontando a arma para a frente. Ele passa as mãos pela parede interna e acende uma luz. Há um gabinete de rifles adiante.

Você leva a menina junto, entrando pela passagem estreita. A sala não tem mais de três por dois metros. A parede da esquerda está repleta de cabeças de animais empalhadas: um leão, um alce com chifres longos e retorcidos, e dois pássaros empalhados, com penas furta-cor sob a pouca luz. Há uma poltrona de couro em um canto. Ao lado dela, há uma mesa com o que parece ser uma presa de elefante. Você olha para a parede da direita.

São mais de trinta medalhões de ouro. São iguais aos da cerimônia da noite anterior. Cada um tem a silhueta de um animal. Olhando com mais atenção, você vê que há oito números e letras embaixo de cada um. O mesmo tamanho e combinação de sua tatuagem. Duas imagens parecem cervos, algumas são pássaros exóticos, vários tipos de cobra e o que parece um jacaré.

– O que são essas coisas? – a menina pergunta.

– Cada um é uma pessoa – você diz, mostrando-lhe sua tatuagem. – Uma pessoa que seu pai matou.

Rafe examina a parede, parando diante da imagem de outro pássaro, parecido com um falcão. Ele solta um suspiro profundo e penoso.

– Esse era um dos garotos da ilha, chamado E. Talvez tenha sido ingênuo, mas achei que ele pudesse estar vivo.

A menina não diz nada quando ouve falar da ilha. Ela está analisando as armas atrás do gabinete de vidro. Pega a longa presa de elefante.

– Eu nem sabia que ele tinha armas... – ela diz. – Nunca soube que caçava.

Você abre a primeira gaveta da escrivaninha. Lá dentro há um livro grosso com capa de couro. Depois de pegá-lo, você folheia as primeiras páginas.

– É um livro contábil – você afirma, mostrando o papel pautado a Rafe. Há numerais romanos listados de um lado. Junto a cada um, nomes completos e endereços. Depois, embaixo disso, nomes de diferentes animais.

– Durante a cerimônia, naquela casa, ele se referiu a cada pessoa usando um número. Não disse o nome de ninguém.

– Mas agora temos nomes – Rafe afirma. Ele examina o livro, vendo as datas ao lado de cada um. – É de quando entraram. Começa em 1998. – Ele aponta para o primeiro número no livro, o numeral romano I. Junto a ele está o nome Theodore Cross.

Você enfia o livro embaixo do braço. Na gaveta inferior, há jaquetas douradas, as mesmas que foram distribuídas na cerimônia da noite anterior.

– Quando eles voltam? – você pergunta.

A menina fica olhando para o livro em sua mão.

– Eu não sei. Saíram há uma hora e meia.

Rafe olha para você.

– Então vamos esperá-lo aqui – ele decide.

– E depois? A gente o confronta? Como vai ser isso?

Rafe ainda está empunhando a arma. Ele aponta com a cabeça para a parede indicando os outros rifles.

– A gente surpreende ele.

Você sabe o que ele está tentando dizer. Que vocês podem acabar com isso tudo esta noite. Você se vira para a menina. Ela parece bem menor ao lado de Rafe, com os braços finos cruzados diante do peito. A respiração baixa e trêmula preenche a pequena sala. Os olhos da garota estão cheios de lágrimas. O que vai acontecer com ela, se vocês ficarem, se esperarem Theodore chegar em casa? O que Rafe está sugerindo que façam? Que o matem na frente dela?

– Não podemos – você diz. – Não.

– Estamos aqui. Você sabe a sorte que temos? É possível que essa chance nunca mais apareça. – Rafe enfia a arma na cintura, atrás das costas.

– Vou ligar pra Celia, ela pode chegar pela manhã.

– E você acha que ele ainda vai estar aqui? Ele volta pra casa, a filhinha adorável conta sobre nossa pequena invasão domiciliar... ele vai *fugir*. Não vai ficar esperando a polícia chegar para prendê-lo.

– Então a gente leva ela junto. Só por enquanto, até ele ser detido.

– Por favor – a menina diz com a voz falha. – Me deixem ficar aqui. Vocês não precisam de mim.

Mas é o único jeito de garantir que Cross não vai fugir. Rafe parece se dar conta disso, pegando no braço dela e tirando-a da salinha. Você vai atrás, apagando a luz e certificando-se de que, fora o livro contábil, tudo está no devido lugar. Quando a bola de beisebol é girada para a esquerda, a porta se fecha. O apartamento está imaculado, como quando vocês entraram. Quanto tempo vai demorar até ele perceber que alguém esteve aqui? Que a filha não apenas saiu, mas foi levada?

– Nós não vamos te machucar – Rafe diz isso com suavidade na voz. Mesmo quando a menina se afasta, ele não briga com ela, apenas ajusta a força com que a segura para conduzi-la até a porta. Você fica do outro lado.

Não somos como eles. Não somos assassinos.

– É por pouco tempo – você diz. – Amanhã, o mundo todo vai saber quem é o seu pai.

CAPÍTULO TRINTA E SETE

RAFE AINDA ESTÁ SEGURANDO A ARMA EMBAIXO do moletom quando vocês param na 44th Street. A menina, Alana, está sentada ao lado dele, olhando pela janela, com as bochechas vermelhas e molhadas. Durante todo o trajeto, ela ficou virando as mãos, apertando-as, cutucando a pele dos dedos até sangrar.

Você paga o motorista do táxi quando eles saem e caminha até a entrada do armazém. Segura o livro contábil junto ao peito, sabendo que é exatamente disso que Celia precisa: evidências que podem iniciar uma investigação.

Quando entram no porão, algumas velas estão acesas. Salto está acordada, segurando o braço junto ao peito, com os cabelos escuros colados no rosto. Devon e Ben estão lá, mas a manga da camisa de Devon está manchada de sangue.

– Que diabos aconteceu? – Rafe pergunta. – Onde está Aggy?

Devon esfrega as mãos atrás da cabeça. Ele está olhando através de você, com os olhos cheios de água.

– Eu não vi os caras. Não vi que estavam seguindo a gente até aparecerem.

– Mataram ele? – você pergunta.

– Saímos pra pegar comida pra todo mundo. Salto precisava

de água. Eu estava na frente e Aggy atrás, ele tinha ido checar se era seguro. Eles perseguiram a gente até uma viela perto da Ponte de Manhattan. Começamos a escalar a grade, mas ele ficou preso no arame farpado. Foi quando atiraram nele.

Ben e Devon notam Alana atrás de você.

– Quem é essa? – Ben pergunta. – Por que ela está aqui?

– O apartamento – você diz. – Cross não estava lá. Então trouxemos a filha dele... até conseguirmos pegá-lo.

Salto faz um gesto negativo com a cabeça.

– Vocês estão loucos? O que vamos fazer com ela?

Você mostra o livro contábil.

– Temos tudo o que precisamos. Todos os nomes dos caçadores, quem eles mataram, quando entraram para o grupo. Está tudo aqui. Agora vamos à polícia. Ele não pode fugir se estivermos com ela. Ele não vai deixar a filha com a gente.

– Vão procurar a gente mais do que nunca agora. – Devon anda de um lado para o outro no espaço estreito. – Estamos há tempo demais nessa base. Precisamos sair.

Você pega a mochila cinza e surrada que está perto da parede, jogando-a para Devon.

– Então vamos. Tem aquele parque na West Side Highway, aquele com o campo de beisebol. Podemos ficar lá até pensarmos em algo.

– Tudo bem pra você? – Devon pergunta, virando-se para Rafe.

– A decisão não é minha... – ele diz.

– O que mais podemos fazer? – Ben pergunta.

A menina se senta perto da parede, cobrindo o rosto com as mãos. Você pode ouvir seu choro pesado e seus soluços. Você disse que não a machucaria. É verdade. Você não vai machucá-la nem deixar que alguém a machuque. Só precisa esperar essa noite passar.

– É melhor a gente ir. – Você pega a mochila, jogando um dos cobertores velhos por cima. Oferece a mão para a menina, mas ela demora um minuto para se levantar e secar o rosto. – Vou ligar pra Celia no caminho.

CAPÍTULO TRINTA E OITO

AS FOTOS ESTÃO SOBRE A MESA. Celia está de frente para D'Angelo, analisando-as. Há uma cabine com um interfone entre eles. De vez em quando, ouvem Fitzpatrick tomar café do outro lado da linha. Celia nunca o viu pessoalmente, mas o imagina um pouco mais velho do que ela, com cabelos ruivos e a pele sardenta dos irlandeses.

É a primeira vez que ela vê as fotos de Connor. Fitzpatrick enviou as cópias de Nova York. Há um *close* da tatuagem – uma cobra enrolada com o código JSU02649 embaixo.

– O caçador que fez isso sabia o ângulo exato – Celia diz, apontando para a imagem do ferimento à bala. – O projétil entrou pelo pescoço e foi direto para o cérebro. O garoto morreu imediatamente. Foi muito preciso.

– Vamos chamá-los de caçadores agora? – A voz de Fitzpatrick pergunta pelo interfone.

D'Angelo sacode a cabeça. Ela tem cabelos curtos e ondulados, presos para trás com grampos, e olhos cor de café.

– Do que mais você precisa para se convencer? – ela pergunta. – Encontrei uma garota em Seattle com a garganta cortada por uma faca de caça. O mesmo tipo de tatuagem. Quando você virá para o nosso lado?

– Não existem lados – Fitzpatrick afirma. – Só estou dizendo... um círculo de pessoas que caça seres humanos? Parece o tipo de bobagem que aparece nos filmes de ficção científica com o Tom Cruise, não é?

– Não quando existem alvos, jovens, dispostos a testemunhar sobre o que aconteceu – diz D'Angelo. – Estamos chegando perto. Existe um caso para investigarmos aqui.

Celia não está interessada em convencer Fitzpatrick. Agora que eles têm as fotografias, a coisa já está caminhando. Ela pega a foto da garota ainda não identificada, encontrada debaixo da ponte em Seattle com ferimentos na mão direita. Ela estava tentando bloquear os ataques. A tatuagem estava cortada, mas ainda era visível. Igual às outras.

– Não temos nenhum nome. Quem são essas pessoas? Você estava falando de um médico desaparecido e de um cara que morreu na cadeia. Ninguém vai acreditar que eles organizaram uma associação de caça de alcance nacional em uma ilha tropical. – A voz de Fitzpatrick toma conta da sala. – Você precisa arrumar um...

– Espere um pouco, Ed – Celia pede quando seu celular começa a tocar. Número privado. Pode ser ela.

Celia aperta alguns botões e a coloca na linha.

– Lena?

– Sim, sou eu.

– Você está no viva-voz. Estou com uma investigadora de Seattle, agente D'Angelo. E com Fitzpatrick, um investigador de Nova York, na linha também. Ele estava na cena do crime quando o corpo de Connor foi encontrado.

– Nós encontramos ele, encontramos o Cal – Lena diz. – O nome verdadeiro dele é Theodore Cross.

Celia respira fundo.

– Onde?

– Eu tenho o endereço. Posso falar?

– Pode.

– Vestry Street, 98, Nova York. Encontramos um livro contábil no apartamento. Tem o nome e o endereço de todos os caçadores. Quem eles mataram. Tudo.

– Você esteve no apartamento dele? – Celia tenta não parecer zangada, mas é constrangedor. Independentemente do quanto Lena estivesse desesperada, era para ela aguardar informações da polícia, e não o contrário. Como vão utilizar evidências que ela conseguiu invadindo a casa de alguém?

– Não faça mais nada – D'Angelo diz. – Precisamos ver o que descobrimos sobre ele. De um modo que não envolva você roubando coisas do apartamento dele. Isso já compromete o crédito de nossa investigação.

– Vou ler os nomes. Investiguem qualquer um deles, de qualquer lugar. Estão matando alvos neste exato momento, em todas as cidades. Em Nova York.

Celia vira uma das fotos quando Lena começa a ditar os nomes. Ela escreve o mais rápido que pode, às vezes revendo a grafia de endereços e nomes. Leva quase dez minutos para chegar ao fim.

– Precisamos de alguns dias – Celia diz ao terminar de anotar.

– Não temos tempo.

– Eu sei.

– Tem mais uma coisa. Estamos com a filha dele. Ela estava no apartamento quando chegamos lá, então a trouxemos.

Fitzpatrick explode do outro lado da linha.

– Vocês sequestraram ela? O que estão pensando?

– Não queríamos que ele fugisse – Lena afirma.

Celia esfrega o rosto.

– Vocês estão dando motivos para dispensarem a investigação. Eles vão prender vocês, e sabemos muito bem que o GAA tem recursos.

D'Angelo começa a andar de um lado para o outro na sala de reunião. Desabotoa o primeiro botão da camisa para se refrescar.

– Rafe não quis esperar – Lena explica.

Quem diabos é Rafe? Célia tenta manter a respiração estável.

– Não façam nada. Estou indo para Nova York. Fitzpatrick e eu vamos dar um jeito de devolvê-la à família, talvez organizar algum tipo de reunião que ele tenha que comparecer. Nos deem 24 horas para ver se conseguimos encontrar um dos caçadores, se arrumamos algo concreto. Só precisamos flagrar um deles fazendo algo ilegal. Podemos prender alguém e ver se essa pessoa entrega Cross.

– Está bem, 24 horas – Lena afirma.

– Posso chegar amanhã à tarde. Com sorte, a essa altura já terei algo e poderei prendê-lo na hora.

– Com sorte.

– Não faça nada com ela.

– Eu nunca faria.

– Você tem um telefone agora? Vou enviar uma mensagem de texto com um plano amanhã. Prometa que vai esperar minhas instruções.

– Prometo.

Celia anota o número. Ela ouve uma sirene do outro lado da linha, onde Lena está.

– Amanhã – Celia repete. – Não machuque ela.

– Pare com isso, por favor. Eu não vou machucá-la. – Lena desliga.

D'Angelo ainda está andando de um lado para o outro.

– Isso não é bom – ela diz. – Achei que tivesse dito que ela estava sob controle. Que ia esperar instruções nossas.

– Isso é ruim, Alvarez – Fitzpatrick diz. – Está pedindo pra eu colocar meus homens pra seguir vinte pessoas? Por quem? Por essa garota? Depois que ela acabou de sequestrar a filha de outra pessoa?

Celia sente um aperto no peito. Devia pelo menos fingir que estava zangada, mas não consegue. Olha nos olhos de D'Angelo.

– Todos estão atrás dela. Todos querem que ela morra. Ela não tem muito tempo. Está desesperada.

– Com certeza está – Fitzpatrick diz.

Celia ajeita o uniforme ao se levantar.

– Você vai colocar alguns homens nesse caso?

Fitzpatrick solta um longo e pesado suspiro.

– É, bem, agora temos nomes. Darei uma olhada.

– Ótimo! – Celia exclama. – Vamos pegar o primeiro voo.

Fitzpatrick diz algo sobre logística, reclama por mais dois minutos, depois desliga. D'Angelo já recolheu as fotos e as guardou na pasta. Ela aperta os lábios. Não chega a formar um sorriso, mas é por pouco.

– Acho que é isso – ela diz. – Acho que vamos para Nova York.

CAPÍTULO TRINTA E NOVE

Quando disca, suas mãos tremem.

Você sabe que o telefone descartável não pode ser rastreado, mas mesmo assim fica de olho no perímetro do parque. É pouco depois das oito e a área está cheia de gente indo para o trabalho. Cada estranho, cada homem de terno, cada pessoa de chapéu ou óculos escuros pode estar observando vocês.

O telefone toca duas vezes até ele anteder. Alana te deu o número do celular do pai, então você sabe que é ele, porém ele não diz nada do outro lado. Você escuta respirações curtas. Está esperando você falar primeiro.

– Theodore Cross – você diz.

– Sim.

– Estamos com a sua filha.

– Eu sei, Lena.

Seu nome, dito por ele. Você começa a ficar enjoada. Demora alguns segundos para responder.

– Vamos nos encontrar hoje no City Hall Park. Você aparece, e ela é libertada. A polícia quer falar com você.

– Eles podem falar.

– Às dez horas.

– Você vai estar lá? – ele pergunta. – Sabe, quando te vi pela primeira vez na ilha, não esperava muita coisa. Venho caçando lá desde o início. Fiquei bom em estimar quem vai durar, e por quanto tempo. Ninguém ganha de mim nas apostas.

Ele está tentando te desestabilizar, mas você não deixa. Permanece em silêncio.

– Eu nunca apostaria em você, Pássaro Negro. Você veio atrás da gente, eu respeito isso. É que... eu pensei que você não sobreviveria nem alguns dias. Olhe pra você agora.

– Você estava errado.

– Me contaram que você converteu o garoto, Paxton. Que se infiltrou na cerimônia. Que é responsável pela falha no hospital. Por Reynolds.

– O que aconteceu com ele?

– Está morto – ele afirma em um tom de voz frio e impassível. Sem emoção. – Era um homem perturbado. Sofria muita pressão no trabalho, havia estresse familiar. Encontraram o corpo dele debaixo da ponte George Washington. Deve ter pulado...

Seu maxilar fica tenso.

– Se você aparecer hoje, ninguém vai machucar sua filha. Ela vai estar esperando por você na área sul do parque, perto da fonte. Você precisa se responsabilizar pelo que fez.

– Ela é minha filha. Eu vou aparecer. Mas não haverá nenhuma resposta, apenas mais perguntas.

Então ele desliga. Você se vira para o campo de beisebol, onde consegue visualizar Rafe e Devon atrás do banco de reservas. Eles esconderam a menina em um banheiro público, que você lacrou com uma placa de "FORA DE USO". Você segue na direção deles, colocando o capuz para esconder o rosto, mais inquieta do que antes.

Duas horas depois, você já se encontrou com Celia e seguiu para o centro, para o local do encontro. Posicionou-se no topo de um prédio ali próximo para assistir à troca. O edifício só tem três andares. De um canto, você tem uma boa visão da menina sentada no banco, perto das fontes. Celia está ao lado dela. É possível ver a cobertura azul e achatada do quepe dela, o contraste do suéter *pink* de Alana com as árvores.

Rafe ajoelha-se na beirada do telhado, olhando para o parque.

– Ele não vai simplesmente pegar a menina e ir embora. Não vai ficar e conversar com a polícia... deve estar planejando algo.

– Mas o quê? O que ele vai fazer? – Você olha para os três carros parados na guia. Os contatos de Celia estão espalhados pelo parque, esperando por Cross. Mesmo se tivesse um plano na manga, não seria capaz de executá-lo. Não em público, com policiais nas redondezas.

Do telhado, você não consegue ver Devon. Ele entrou escondido em um edifício comercial do lado oposto da rua. Está observando de um dos andares superiores, com vista para a outra ponta do parque, e vai alertar vocês caso o carro de Cross chegue pelo outro lado. Ben levou Salto para um canteiro de obras perto da ponte do Brooklyn para montar acampamento. Você se despediu dele com um abraço e prometeu que o veria em breve. Embora tivesse esperança de que eles pudessem ficar sob custódia da polícia, Celia te orientou de outra forma. Depois do que aconteceu com Goss, fica claro que o GAA tem gente lá dentro. Vocês não estariam em segurança na delegacia até que os policiais prendessem Cross com acusações sólidas.

Um carro preto com motorista para a pouco menos de dez metros da fonte. Os faróis estão acesos.

– É ele.

A porta de trás se abre e um homem com cabelos loiros, quase brancos, desce do carro. Ele veste um casaco bege e calças azuis. Caminha na direção exata de Alana e Celia. Você só o vê de costas, passando alguns papéis para Celia, aguardando.

Uma mulher sai do carro. Cabelos castanhos, cardigã roxo. Celia não segue Alana quando ela corre para a mãe. Ela apenas diz algo e acena com a cabeça para os carros. Três outros policiais aparecem. Eles se aproximam, e o homem loiro se vira.

Você consegue ver o rosto dele de perfil. Nariz comprido e fino. Olhos escuros. Ele estende a mão magra, oferecendo-a para um dos policiais, cumprimentando-o.

– Alana não o reconheceu – você diz. – Você percebeu isso?

A mulher puxa Alana e a abraça. Tira os cabelos dela do rosto e lhe dá um beijo na cabeça. Quando mãe e filha entram no carro, a mulher acena para o homem perto da fonte.

– O que você acha? – Rafe observa Celia. Os três policiais a cercam. O homem loiro está falando, gesticulando com as mãos. O carro vai embora.

– Acho que ela não o conhece – você afirma. – Independentemente do que ela achou daquela sala ou do que ele fez... ela ficaria aliviada ao ver o pai. Não daria um abraço nele, ou algo parecido? Não é estranho ela não ter feito isso?

– A menos que não seja ele.

– Exatamente.

Você tira o telefone do bolso. Precisa alertar Celia.

Está discando quando ouve o barulho de uma porta atrás de

você. A lata de cerveja vazia que usaram para manter a porta aberta cai, batendo no metal. Você olha em volta, esperando ver Devon ou Ben.

Há três homens no telhado. Dois usam óculos escuros e o terceiro usa um boné com a aba abaixada para proteger os olhos. Rafe tenta pegar o revólver, mas eles já estão de arma em punho, apontando para você. Eles se espalham para te cercar.

– Nem tente – diz um deles.

Eles avançam mais alguns passos. Você sabe que pode desarmar o homem que está na frente, mas os outros dois estão mais afastados. Mesmo que Rafe consiga disparar alguns tiros, as chances de matarem um de vocês é muito alta. Você vira a cabeça um pouco para a esquerda, verificando a entrada do apartamento abaixo. Há um toldo de metal, uma área reta e longa que se sobressai sobre a porta principal. Você poderia pular. Talvez você consiga.

Rafe nota a rota de fuga ao mesmo tempo que você. Ele olha para o alto dos prédios, esperando você ir primeiro, mas você não vai. Não pode deixá-lo aqui. Se ele conseguir alcançar a cobertura, você pulará segundos depois. Se te quisessem morta, já teriam te matado.

Quando você fala, está concentrada no homem à sua frente, olhando para seu próprio reflexo nas lentes dos óculos dele. Mas as palavras são para Rafe:

– Vá agora.

Rafe agarra o canto do telhado e se vira, preparando-se para passar as pernas e pular sobre a cobertura. Mas antes que ele consiga sair, um homem corre para ele, agarrando seu agasalho. Outro puxa Rafe de volta para o chão. Ele cai e bate a cabeça.

Você parte na direção deles, mas o primeiro homem se

aproxima, encostando a arma em seu pescoço. Não há tempo para pegar o canivete que você tem na cintura. Ele segura seus pulsos e os amarra com um lacre plástico.

Rafe está de barriga para baixo, com o rosto pressionado junto ao chão. Um dos homens se ajoelha sobre as costas dele para amarrar as mãos. Rafe tenta olhar para você, mas eles colocam um saco de pano na cabeça dele. Um instante depois, outro saco é colocado na sua cabeça.

Tudo fica escuro.

CAPÍTULO QUARENTA

A VAN SE MOVIMENTA EM TERRENO IRREGULAR, triturando cascalho. Você tentou abrir as portas várias vezes, conforme se afastavam da cidade, mas elas estão trancadas por fora. Não há janelas. Não há nenhuma maneira óbvia de quebrar as lanternas traseiras. Você passou as mãos em cada centímetro do interior, tateando os encostos, mas não há nada que te ajude a se libertar. Eles levaram sua mochila, o canivete, tudo o que tinha.

– Há quanto tempo acha que estamos no carro? – você pergunta.

Vocês estavam na autoestrada há horas. Dava para saber pela velocidade da van, pelo trajeto suave na estrada livre. Passaram para um terreno diferente apenas na última hora. Deitada no espaço atrás do banco traseiro, você ouve o rádio através da divisória de plástico. Está tocando música *country*. Algo grave e triste.

Rafe está deitado ao seu lado, com o queixo aninhado em seu ombro. Mal consegue falar com o capuz de tecido cobrindo a cabeça.

– Acho que umas oito horas. Estão nos levando pra algum lugar.

– Eu sei – você afirma. – Mas pra onde?

Ele dá de ombros.

– Quando abrirem a porta, temos que estar preparados.

Rafe se aproxima, envolvendo seu corpo com o dele. O braço direito está dormente por você estar apoiada sobre ele por tanto tempo. Você se mexe, virando para o outro lado, tentando aliviar a pressão. É difícil puxar o ar, o tecido do capuz absorve cada respiração. Eles fecharam tão apertado em volta do seu pescoço que você até sente o barbante entrando na pele.

Quando está lá deitada, tem a sensação inebriante e vertiginosa de uma lembrança voltando. Não diz nada a Rafe. Deixa-se levar, fechando os olhos.

– Acorde! – ele grita. Está em algum lugar à sua frente. Todos estão.

– Pássaro Negro, acorde.

Você está de costas, com as mãos pressionadas na terra. Você se apoia nos cotovelos, tentando esticar as pernas. Está ciente de que seu pescoço, sua barriga, todas as partes mais vulneráveis de seu corpo estão expostas.

Então um dos homens te coloca de pé. Suas mãos estão dormentes devido às amarras. Alguém solta as cordas e corta o barbante que envolve seu pescoço.

Quando você tira o capuz, finalmente consegue respirar. Levanta os olhos. São uns dez, talvez mais. Um homem mais velho, de barba branca. Duas mulheres na faixa dos trinta anos, com o rosto sujo de lama e cabelo preso. Todos usam roupas camufladas. Verde-escuro e marrom.

Os jovens que te acompanham estão todos alinhados. Vinte de cada lado. Vestem roupas brancas. Camisetas brancas, calças brancas, meias e tênis brancos. O garoto ao seu lado tira o capuz.

Rafe.

– Sua camiseta – ele diz. Ele tira a dele. – Rápido.

Você tira a sua, expondo o top branco que usa por baixo. Alguns dos outros jovens ficam ali parados. Estão petrificados. Você abaixa as calças de moletom fino, passando-as por cima dos tênis.

Todos os homens e mulheres observam. Outra garota, na outra ponta da fileira, também tira as roupas, sabendo que será mais difícil ser identificada. Na floresta, o branco radiante se destaca. Rafe se ajoelha e coloca as mãos na lama. Esfrega no rosto e no peito. Cobre a cueca samba-canção branca.

Você faz o mesmo, espalhando lama no rosto e no peito, sobre o shortinho branco de algodão. Depois se vira e sai correndo para o mato.

Rafe vai pelo outro lado, descendo uma barragem íngreme no meio das árvores. Quando os últimos adolescentes saem, homens e mulheres dão início à perseguição. De repente, você fica com muito medo.

Corre pela floresta, sobre as raízes e árvores caídas. Sempre que ouve passos, segue na direção oposta. Não está correndo em busca de nada. Só está fugindo.

Pouco depois de dez minutos, ouve-se o primeiro tiro.

– O que foi? – Rafe pergunta.

– Uma lembrança. Uma das piores.

– Da ilha.

– Foi você que disse pra eu me livrar das minhas roupas. Eu estava lá parada.

– A maioria dos alvos estava. Ninguém sabia o que estava acontecendo.

A van desacelera. Galhos arranham as laterais do carro, e ouve-se o farfalhar suave de folhas e arbustos. Você se senta, apoiando-se no banco traseiro. É difícil permanecer ereta. A van se inclina para a esquerda, fazendo uma volta. A dianteira embica em uma vala e você cai para a frente, depois bate na divisória. Tenta não perder de vista o posicionamento das portas. Tenta se situar.

– Quando sairmos, a gente corre – você sussurra.

– Você vai na frente. – Percebe que a voz de Rafe vem de cima. Ele se levantou. Você se ajoelha e se apoia na lateral do veículo para levantar, tentando ficar ao lado dele. Suas mãos ainda estão dormentes.

Quando a van finalmente para, eles não dizem nada. Você acha que agora eles estão em dois, não três, mas é impossível ter certeza. O motor é desligado. O rádio para de tocar.

Você e Rafe vão até as portas, agachando bem ao lado delas. Escutam passos do lado de fora. Um dos homens está vindo pelo lado esquerdo da van. Ouve-se o som metálico de chaves. Você pressiona o ombro contra a porta, querendo surpreendê-lo e derrubá-lo assim que ele abrir.

A porta se abre. Lá fora, o mundo está escuro, você não consegue ver nada através do tecido fino. Você leva dois segundos para ouvir a respiração do homem. Ele está a apenas trinta centímetros à sua esquerda. Você pula, jogando-se contra ele.

Seu ombro colide com o peito do sujeito, e ele cambaleia para trás. Você ouve o ar deixar os pulmões dele. Quando atinge o chão, você rola, endireitando-se, tentando se levantar. Antes de conseguir, ouve o outro sair do banco da frente, indo na sua direção.

– Minha nossa! – ele exclama. – Se ficar parada, vamos te soltar.

O outro está gritando:

– Desça, não se mexa.

Rafe deve ter começado a correr.

Um deles desamarra o barbante sob seu queixo, arrancando seu capuz. Você pisca, conseguindo enxergar pela primeira vez em horas. A floresta está iluminada pelas lanternas traseiras da van. As árvores têm um estranho brilho vermelho. Você só vê a escuridão entre elas.

O cara que você derrubou se levanta. Ele retorna para o banco da frente e entra no carro sem dizer nada. O homem que está atrás de você solta o lacre que prende seus pulsos e te liberta. O sangue volta a circular em suas mãos. Quando você se vira, ele já está correndo de novo para a van. Ele entra, bate a porta, e o veículo sai pela estrada de terra.

Não há placa de identificação. O logotipo da traseira foi removido. Não há nem como saber a marca. Eles aceleram até sumirem de vista.

– Eles foram embora. – Você vai para o lado de Rafe. Seus olhos finalmente vão se ajustando ao escuro.

O barbante no capuz dele estava tão apertado que deixou uma marca em volta do pescoço. Ele esfrega a pele.

– Onde estamos?

A mata se expande em todas as direções. O céu é o mais limpo que você já viu. É de um profundo preto-azulado, e cada estrela é um ponto de luz perfeito. O ar é muito mais frio aqui do que na cidade. A lua é apenas uma lasca no céu.

– Eles levaram a gente pro norte – você diz. – O mais longe que dá pra chegar em oito horas.

Você segue Rafe, afastando-se da estrada e entrando no meio das árvores, onde ficam mais escondidos. O solo está coberto de folhas mortas, partindo-se sob seus pés. Há locais com arbustos espinhosos, que se prendem em seus jeans.

– Temos que ir pro sul – você continua. – Quanto tempo acha que vamos levar pra encontrar uma estrada grande? Se a gente caminhar em uma direção, mais cedo ou mais tarde vamos chegar à civilização. Se encontrarmos um telefone, posso ligar pra Celia.

– Quanto tempo vai demorar pra eles aparecerem? – Rafe pergunta. – Essa é a minha dúvida.

Vocês vão de uma árvore para a outra, esperando ficar fora de vista tempo o suficiente para abrir distância entre o local onde a van os deixou e onde estão agora.

– Apenas continue andando. Já escapamos deles antes.

Mas depois de somente alguns minutos, você tem a sensação de que alguém está observando. Pega no braço de Rafe, fazendo-o parar.

A silhueta está a noventa metros à sua direita. Ele não está tentando se esconder. Pelo contrário; para no meio das árvores, bem à vista. A luz da lua reflete ao redor dele. Ele parece maior com a jaqueta grossa. A arma está ao lado, apontando para o chão.

– Chegou a hora – ele afirma.

É a mesma voz que você ouviu do outro lado da linha, a mesma voz que ouviu liderando o juramento dos caçadores. Cal. Theodore Cross. O homem que iniciou isso tudo.

O pânico aumenta em seu peito, uma sensação de aperto e reviravolta no coração. Sua respiração é curta. Seus pulmões parecem pequenos.

– Vocês não acharam que havia realmente terminado, acharam? Que eu me entregaria para a polícia simplesmente porque vocês pediram?

Ele espera pela resposta enquanto você se esconde atrás de uma árvore.

– Eles não têm nada contra mim – ele continua. – Não podem

provar nada. Parem de mentir para si mesmos. Parem de mentir para os outros. É cruel, sabia? Ficar dando esperanças para seus amigos patéticos.

– É você quem está mentindo para si mesmo – Rafe grita. – Seu tempo está acabando. Eles sabem sobre a sala em seu apartamento, sobre as caçadas.

– Bem que vocês gostariam. – Ele ri. – Mas, se estiverem certos, tenho ainda mais motivos para desfrutar desta noite. Vivenciar a emoção da caçada. Vocês dois vão jogar comigo, não vão?

Rafe pressiona as costas na árvore, agarrando sua mão. Você analisa a floresta ao sul. Muitos arbustos e conjuntos densos de árvores. Não há nenhum lugar óbvio para ir. Você deve conseguir correr mais do que ele, mas é um risco. Ele pode começar a atirar no meio do mato.

– Ouvimos dizer que você é o mais habilidoso dos caçadores – você mente. – Que matou todos os alvos que já teve.

– Eu caço há quarenta anos.

– Então nos dê cinco minutos de vantagem – você pede, tentando manter a voz firme. Se está à frente de Cross em alguma coisa, é pelo fato de entender como a mente dele funciona. – Foi por isso que transferiu as caçadas da ilha para as cidades, não foi? Se for muito fácil, não tem graça.

Ele para. Na escuridão da floresta, quase dá para sentir o sorriso.

– Dois minutos, não cinco. Começa agora.

Você sai correndo ao lado de Rafe, movimentando os braços, estabilizando a respiração. A adrenalina toma conta conforme se embrenham na mata. Dois minutos devem ser suficientes para alcançar uns quatrocentos metros. Mais dois, oitocentos. Seu estômago está vazio, o corpo cansado, mas você se força a correr mais rápido.

Rafe dispara na frente, saltando pedras e raízes, movimentando-se por entre galhos afiados, guiando. Conforme a lua cruza o céu, você tem a sensação de que está correndo há horas, mas deve estar a apenas alguns quilômetros mais ao sul. Você salta uma árvore caída e seus pés aterrissam em terreno irregular, fazendo com que torça o tornozelo direito. A dor sobe por sua perna.

– O que aconteceu? – Rafe para quando te ouve cair. Você segura o tornozelo, massageando-o, esperando que a dor passe.

– Torci o pé.

Rafe te ajuda a levantar.

– Não podemos parar, Lena, não podemos...

Você começa a andar, mas, toda vez que pisa, a dor volta. Não há escolha. Você tem que continuar em movimento, tem que seguir em frente. Ele está bem atrás de vocês, avançando entre as árvores.

CAPÍTULO QUARENTA E UM

O SOL É UM ALÍVIO SILENCIOSO. O ar está muito mais quente do que na noite anterior. Você não deve ter dormido muito. Seu corpo está pesado e suas pernas doloridas por causa dos quilômetros que percorreu na escuridão. Todos os músculos doem, mas sua mente está alerta, desperta.

Rafe está ao seu lado. Você remove uma fina camada de folhas secas de cima dele – é a proteção com a qual se cobriram para dormir.

– Temos que ir – você diz. – Não temos mais tempo.

Você fez uma lança pela manhã, um pedaço de pedra afiada presa a um galho quebrado. Usou uma faixa comprida de tecido que rasgou de seus jeans para amarrá-la, apertando bem. A lâmina corta menos do que gostaria, mas, com força suficiente, pode rasgar a pele.

Rafe se senta, esfregando os olhos.

– Como está seu tornozelo?

– Bom o bastante. – Não é totalmente verdade. Você também rasgou um pedaço de tecido da sua blusa e o usou para enrolar o pé e impedir que inchasse, mas ele ainda está latejando.

– Quanto tempo temos?

– Até que fique insuportável? – você pergunta. – Não sei. Não devia ter corrido com o pé machucado a noite passada.

– Não tínhamos escolha.

Você concorda com a cabeça, sabendo que precisa de um tempo que não tem. Três dias de descanso, pelo menos. Pode andar mais dezesseis quilômetros hoje, se tiver sorte, só que será lento e exaustivo. E se ele alcançar vocês... não está certa de que conseguiriam fugir com você desse jeito.

– Acho que precisamos encurralá-lo – você diz –, esperar por ele. Um de nós precisa atraí-lo para fora do esconderijo dele. Posso fingir que estou ferida, isso não vai ser difícil. Quando ele chegar perto, nós o desarmamos.

Rafe sacode a cabeça.

– Não vou te usar como isca. É perigoso demais.

Você se levanta. Assim que coloca todo o seu peso sobre o tornozelo, sente uma pontada aguda e penetrante. Inspira, tentando resistir bravamente.

Rafe vê a dor em seu rosto. Está espelhada no rosto dele.

– Talvez você esteja certa – ele diz, relutante, levantando-se para te ajudar. – Não podemos correr assim.

– Estamos quilômetros ao sul de onde começamos. Dezesseis, talvez dezessete. Ele deve saber em que direção fomos. Deve ter aproveitado a noite para montar acampamento; do contrário, já teria passado pela gente.

– Estamos na frente, então – Rafe concorda. – Agora só precisamos achar o lugar certo.

CAPÍTULO QUARENTA E DOIS

– TEM CERTEZA DE QUE FICARÁ bem aqui?

– Tão bem quanto dá pra ficar. – Você está no sopé de um leito rochoso e íngreme, uma queda de seis metros. Vai esperar aqui enquanto Rafe se esconde na floresta.

– Acho que nem precisa fingir muito – Rafe diz. – Ele provavelmente já está rastreando a gente até aqui. Só atraia ele.

– Não exagerar no melodrama. Anotado. – É uma tentativa boba de fazer uma piada. Você sente um desejo forte e repentino de ver Rafe sorrindo. Ele dá um meio-sorriso, curvando o lábio de um lado só.

– Nós o encurralamos, e pronto. Eu tomo a arma dele e acabou.

– Vamos torcer pra que seja assim.

– Se sairmos daqui... – Rafe diz.

– Você quer dizer *quando*. *Quando* sairmos daqui.

Isso o faz sorrir. Ele leva as mãos ao seu rosto e acaricia suas bochechas com os polegares.

– Nós conseguimos escapar uma vez. Conseguimos nos encontrar depois de tudo. Vamos conseguir de novo.

– Queria que a gente não tivesse que fazer isso.

– É, eu também. – Rafe te puxa para perto e você encosta o rosto no peito dele, sentindo o cheiro de mofo da blusa que ele veste. Finalmente, tudo está igual ao que sentia em seus sonhos… é fácil, natural. Não há hesitação quando inclina a cabeça para trás, deixando que os lábios dele toquem os seus.

Ele está ajoelhado na beira do mar, lavando o rosto para tirar a sujeira. Ele passa as mãos no cabelo e esfrega a pele com os punhos cheios de areia, removendo o encardido.

– O que está olhando? – Ele sorri.

– Nada.

– Gosto de pensar que sou um pouco mais do que nada.

– Você é um pouco mais do que nada… – Mas você não pode dizer o que ele significa para você. O que ele significa para você? Não pode estar apaixonada por essa pessoa. Nem mesmo o conhece.

– Sou alguma coisa? – Ele gargalha.

– Pare de dar mole pra mim.

Ele se levanta, e a água corre por seu corpo. Ele ainda tem um pouco de areia molhada no braço direito, logo abaixo do bíceps.

– Você é alguma coisa, Lena – ele diz. – Você é tudo.

Ele estende o braço e tira os fios de cabelo molhados que estão sobre seu rosto. É a primeira vez que ele toca em você. É a primeira vez que alguém toca em você desde que foi largada aqui. Você fecha os olhos, e deixa que ele passe os dedos pela sua face. Até tocarem seus lábios.

Ele se inclina, pressionando a boca na sua. As mãos dele estão em seus cabelos. Você cai para trás, na areia, e ele se deita ao seu lado.

Quando você se afasta, está tonta. A memória ainda está tão fresca. Não consegue evitar o sorriso.

– O quê?

– Estou lembrando de mais e mais coisas.

– Não vou dizer “eu avisei”.

– Você avisou.

– Qual lembrança?

– Uma boa.

– Minha favorita é a manhã com aqueles pássaros. Já chegou nela?

– Não…

– Que inveja. Você tem algo pelo qual esperar.

Isso faz você sorrir. Rafe se vira para a floresta. Ele aponta para uma árvore na metade do barranco.

– Vou esperar ali. Ele deve seguir os rastros até você… deixei pegadas na lama a menos de cem metros daqui. Deve parecer que tivemos que atravessar o matagal e descer o barranco.

– Quebrou alguns galhos ao andar por lá?

Rafe confirma com a cabeça, apontando para trás.

– A trilha acaba bem aqui. Quando ele passar, pulo atrás dele. Acho que consigo surpreendê-lo.

– Vou garantir que ele esteja distraído.

Você o beija mais uma vez, e então ele vai embora e sobe pelo rochedo íngreme, com a lança na mão.

Você se senta com a perna ferida esticada. A bandagem improvisada segurou bem, mas o tornozelo ainda está inchado. Mantém o pé dentro do tênis, sabendo que, se tirá-lo, não conseguirá colocar de volta.

Não dá para ver Rafe na árvore. Ele subiu alto o bastante para se esconder entre as folhas. Você não sabe ao certo quanto tempo se passou, se uma ou duas horas. Cross deve estar perto agora, caso ele esteja seguindo o rastro, na direção sul. Você escuta a floresta.

Depois de um momento, ouve o estalo e o som da vegetação rasteira sendo esmagada. Os passos lentos e firmes de alguém vindo na sua direção. Você se aproxima do rochedo ao lado, sabendo que não tem muito tempo até ele estar perto o suficiente para atirar. Então se ajoelha, pronta para subir o declive assim que Rafe o vir.

Você escuta o barulho de pés chocando-se contra o chão. Levanta-se e sobe o barranco correndo. A uns nove metros da árvore, Cross levanta as duas mãos e aponta o rifle para cima. Rafe está bem na frente dele, com a lança apontada abaixo do queixo de Cross.

– Muito bem – diz Cross. – Não vou me mexer. Não vou fazer nada.

– Você já fez o bastante – devolve Rafe.

– Solte a arma! – você grita.

Você vai até eles, olhando para Cross enquanto ele larga o rifle, com o cano apontando para o outro lado. Rafe ordena que ele dê três passos para trás, o que ele faz. Quando ele está fora do alcance do rifle, você pega a arma e a gira, mirando no peito de Cross. A lança está logo abaixo da garganta dele.

Seu olhar cruza com o de Rafe. Ele está do outro lado de Cross, segurando firme a lança. Cross não tem para onde ir, não tem como fugir.

– Acabou – você diz. – Deite-se no chão.

CAPÍTULO QUARENTA E TRÊS

CROSS MANTÉM OS BRAÇOS LEVANTADOS. ELE FECHA os olhos ao se ajoelhar, devagar.

– Esperto – ele diz. – Muito esperto.

Você olha para o cano do rifle, com o braço firme. Rafe dá um passo para o lado, segurando a lança. A floresta está silenciosa, calma.

– Aprendi muito sobre vocês nessas últimas semanas – Cross diz, enquanto aproxima o rosto da terra. O estranho é que ele está sorrindo, o que faz seu estômago revirar. – Vendo vocês juntos. Dois é sempre melhor que um, não é mesmo?

Então você escuta o tiro.

Você olha para baixo, imaginando se disparou o rifle por acidente, mas ele ainda está do seu lado, e seu dedo está no gatilho. Você levanta os olhos bem a tempo de ver Rafe caindo de joelhos. Ele põe a mão no peito, onde uma bala o penetrou, e uma mancha vermelha se espalha logo abaixo da clavícula. Ele a aperta com a mão, mas não consegue conter o sangramento.

Você olha ao redor. O outro caçador está a menos de vinte metros dali, escondido atrás de uma árvore. Você atira três vezes, acertando o braço e, depois, a perna dele. Quando vira, Cross está de pé, correndo na direção oposta.

Você atira. Acerta o tronco de uma árvore à direita dele. Você mira novamente, disparando dois tiros em sequência, mas ele já desapareceu na floresta.

– Temos que sair daqui. – Você se vira para Rafe. Ele ainda está pressionando o ferimento com a mão, e o peito dele começa a se encurvar. – Vamos lá, só mais um pouco. Só até sairmos do campo de visão.

Você apoia a lateral do corpo dele oposta ao ferimento sobre seu braço, suportando o peso ao máximo, e vai até a árvore mais próxima. Ele se joga contra o tronco e tomba para a frente.

Você tira seu agasalho e aperta o tecido contra a pele dele.

– Só temos que fazer pressão. Está tudo bem, você vai ficar bem.

Você está mentindo, sabe que está, mas quer acreditar que é verdade. Parece muito surreal. Não era para ser assim. Não era para você perdê-lo aqui, não desse jeito.

– De onde ele veio? – Rafe diz, segurando sua mão. – Eu não o vi. Não o vi passando.

A respiração dele está fraca e irregular. Ele não olha para você. Em vez disso, encara o chão. Em seguida, ele mira suas mãos, cobrindo o peito dele.

– Eu simplesmente não o vi – ele repete.

– Eu também não. Não tínhamos como saber.

Quando volta a olhar para baixo, você vê que os dedos dele estão pálidos. Ele treme. A mão desaba ao lado do corpo. Sua mão ainda está pressionando inutilmente o ferimento.

A respiração dele fica mais lenta, pesada, então você desiste. Segura a cabeça dele entre suas mãos e beija a testa, o rosto de Rafe.

– Estou aqui. – Você tira o cabelo da cara dele, segurando o queixo com as mãos. – Estou aqui, estou aqui...

Você encosta os seus lábios nos dele, e não quer mais se afastar.

Ele já se foi.

CAPÍTULO QUARENTA E QUATRO

NADA MAIS EM VOCÊ ESTÁ DOENDO. NÃO há dor, não há exaustão. Apenas um sentimento frio, vazio, como se houvesse um buraco no seu peito.

Ele matou Rafe. Rafe está morto.

Você repete isso para si mesma enquanto anda pela floresta, com o rifle ao lado. "Rafe está morto, Rafe está morto." Não parece real. Suas mãos estão cobertas de sangue ressecado. Sua camiseta tem uma mancha marrom-avermelhada. Você teve que deixar o corpo lá, não importa o quanto não quisesse ir. Permanecer ali significaria morrer, e você quase consegue ouvir Rafe insistindo para que não pare, para que siga em frente.

Você viu o segundo caçador caindo depois que atirou nele. É impossível que tenha continuado com Cross, que ainda estejam caçando em equipe. Ele seria um risco muito grande. Cross deve tê-lo deixado para trás.

O rifle está pesando em sua mão. Queria que Rafe estivesse aqui agora, para te dizer o que fazer. Como pode convencer a si mesma de que não é como eles? Como pode seguir adiante, fingindo que há outra forma de acabar com isso? É você ou Cross agora. Apenas um dos dois pode sair vivo daqui.

O vento muda de direção, fazendo com que fios do seu cabelo se desprendam do rabo de cavalo e chicoteiem seu rosto. Você escuta o som de galhos se entortando, folhas secas se espalhando pelo chão. Mas há alguma outra coisa, algo familiar... um calmo borbulhar. O som de água corrente.

Você faz uma curva, sentindo que o córrego está em algum lugar a oeste. Examina as árvores ao norte, certificando-se de que não há nada errado. Era quase impossível decifrar na escuridão, mas não parecia que Cross estava carregando suprimentos. A jaqueta que ele usava era azul-escuro, talvez preta. Vai ser mais fácil avistá-lo se ainda estiver vestido com ela. A floresta é uma vastidão de marrons e verdes.

Logo adiante, o chão se inclina formando um barranco. Você diminui o passo e se move por trás das árvores, para ficar mais escondida. O rio tem uns dois metros de largura, e fica um pouco mais largo na descida. É fundo, com pedras enormes despontando na superfície e água cristalina passando ao redor delas.

Você vai até o barranco e usa as raízes grossas e retorcidas de uma árvore para se equilibrar enquanto desce. Ajoelha-se, deixando a água fria correr por suas mãos. Tira a lama de baixo das unhas e esfrega a pele para remover o sangue. Então, apoia a arma na margem e mergulha uma mão no rio, fazendo uma concha para tomar alguns goles.

É tão bom beber a água fria e límpida; a sensação poeirenta e seca em sua boca finalmente some. Você sente o primeiro gole descendo, acordando seu interior. Isso te deixa mais consciente de seu estômago vazio.

Você está prestes a tomar outro gole quando percebe o silêncio. A floresta está calma. Não há nenhum ruído ao fundo, não há pássaros no céu, nem esquilos correndo pelo chão. Apenas o suave borbulhar da água correndo.

Ele está aqui, em algum lugar. Pode senti-lo te observando. Você tenta agir como se não notasse, deixando o cabelo cair no rosto para que ele não possa ver seus olhos. Passa alguns minutos examinando as árvores até vê-lo. Ele está a uns nove metros à sua direita, acima de você, apenas um vulto preto atrás de uma árvore.

Ele pegou a arma do outro caçador. É possível ver a forma ao lado do corpo dele. Você finge limpar as mãos e esfregar os dedos, mas mantém o olhar fixo nele. Quando ele ergue a arma para mirar, você mergulha de cabeça na água. Desaparece da superfície assim que ele dispara o primeiro tiro.

O rio é mais fundo do que você pensava, e a correnteza, mais forte. O mundo sob a água é uma torrente azul esverdeada. Você tenta segurar o rifle, mas ele fica escorregando de suas mãos. A correnteza está te levando rio abaixo, puxando seus braços e pernas.

Seu ombro bate em alguma coisa e você sente uma dor aguda e lancinante. Tromba com a lateral de uma pedra e o rifle vai embora, perdido em algum lugar na água. Não consegue pensar em como e quando vai subir para respirar. Num momento, está bem abaixo da superfície e, no outro, não está mais.

Quando finalmente consegue respirar, você o vê, ajoelhado ao lado de uma árvore, no topo do barranco. Ele tenta mirar, mas a correnteza te puxa rápido demais. O segundo tiro acerta uma rocha a vários metros de você. Você está cada vez mais longe, mudando de direção com a correnteza, empurrada para trás de uma pilha de rochas.

Você inspira o máximo de ar e submerge o mais fundo que consegue, até um ponto em que não pode mais ser vista.

CAPÍTULO QUARENTA E CINCO

Em minutos, você foi arrastada rio abaixo e não pode mais ser vista. Mas a água é mais profunda aqui, e há mais rochas. Seu braço esquerdo bate em uma pedra embaixo d'água e você leva alguns instantes para registrar a dor, pois está anestesiada pela água gelada.

Adiante, um galho se estende até a margem. Quando o rio faz uma curva, você estica o braço e o agarra. As palmas de sua mão queimam com o atrito. Você segura firme enquanto a correnteza puxa suas pernas. Você precisa de toda a sua força para movimentar uma mão após a outra, escalando o galho até onde a água é mais rasa, até conseguir se apoiar na borda rochosa.

Você se arrasta até a margem, recuperando o fôlego. A mata ao norte ainda está silenciosa. A que distância a corrente te arrastou? Não deve ter passado mais que cinco minutos na água, talvez dez, mas você sente que está a quilômetros de onde mergulhou.

O rio te levou no sentido oeste, desviando de seu caminho original. É provável que Cross se mantenha ao longo da margem em busca de sinais do local de onde você saiu. Seu agasalho está ensopado. Ele vai deixar um claro rastro molhado na terra. Mesmo se você tirasse os jeans e a camiseta, teria que carregar tudo. Você não pode sair sem roupa nenhuma com outra noite fria se aproximando.

Você eventualmente vai querer seguir para o sul, então, em vez disso, vira para o norte, entrando na mata. Não tenta esconder o rastro. Se puder atraí-lo para um lugar em que possa se esconder, talvez tenha uma chance de desarmá-lo. Está exausta e não quer continuar fugindo. Quer colocar um fim nisso, de um jeito ou de outro.

Você tira o agasalho de moletom, torcendo-o conforme anda. A água que escorre é rosada, por causa de uma mancha de sangue na manga, onde foi atingida pela pedra. Seu cotovelo esquerdo está sangrando, sua pele está cortada e ralada. Você deixa o sangue pingar sobre as folhas secas. Ele vai saber que você está ferida, e pode pensar que é algo mais sério. Quer que ele acredite que está ganhando.

Você continua por mais de uma hora, e finalmente a mata acaba, abrindo-se para um lago abaixo. A queda é de mais de vinte metros, coberta por rochas pontiagudas. É muito íngreme para descer. Várias pedras contornam a base do penhasco, algumas de quase dois metros. O vento começou a soprar forte. Faria sentido você tentar se abrigar entre elas. Precisa que Cross acredite que é isso que você faria.

Você estica o moletom no chão em uma área ensolarada, a pouco mais de um metro das pedras.

Vai precisar de outra lança. E, depois, de um lugar para se esconder.

A abordagem dele é lenta, tão metódica que você, a princípio, não o nota. Ele vai de uma árvore para a outra, escondendo-se enquanto segue na direção do lago. A arma ao longo do corpo. Ele se concentra no agasalho que você deixou à mostra.

Cross anda e para. Uma vez, ajoelha-se e examina algo no chão. Sangue? Folhas secas pisadas?

Ao se aproximar da água, ele estende o braço e puxa algo de um galho fino. Segura-o no alto, examinando entre os dedos. Mesmo à distância, dá para ver pelo modo como ele o estica entre as mãos que é um fio de cabelo. Do *seu* cabelo.

Você está a poucos metros das pedras, escondida atrás de uma árvore. Afasta-se um pouco para ficar mais protegida pelo tronco. Mantém a respiração lenta e estável, sabendo que é mais perigoso observar à medida que ele vai se aproximando. Cada vez que se mexe está arriscando que ele note sua presença. Então prefere ouvir. É sutil, mas, quando fecha os olhos, consegue escutar o som das botas dele tocando as folhas.

Os passos dele são leves ao se aproximar do lago. Não há sinal de que ele saiba que você está aqui, escondida atrás dele. Ele deve estar a uns seis metros de distância. Agora três. Quando ele chega perto das pedras, você pode ver parte das costas dele. Está com o rifle erguido, preparando-se para mirar.

Vai ser difícil desarmá-lo por trás, mas ele está a um metro e meio de você. É o mais próximo que vai ficar. Você agarra firme na lança, esperando que a amarra não se solte. Respira fundo e expira forte ao sair correndo, investindo contra ele, fincando a ponta da lança abaixo da escápula direita.

Ele larga o rifle com um grito abafado. Você puxa a lança e o atinge novamente sob as costelas. Ele segura a ponta da arma com a mão esquerda e a vira, tentando apontar. Mas você o pegou desprevenido. Está com muita dor para usar o outro braço. Ele movimenta os dedos, tentando alcançar o gatilho.

Você toma o rifle, apontando para a garganta dele. Ele cai no chão. Você fica em pé sobre ele, tão perto que pode ver as linhas de expressão em sua testa, a maneira como o suor achatou uma parte de seu cabelo. Ele escondeu a jaqueta em algum lugar e agora usa uma camisa de lona verde. A parte da frente está suja de lama.

Você bate no peito dele com a ponta do rifle.

– Fim de jogo.

Ele se apoia no braço esquerdo, tentando se levantar.

– Você sabe que eu transformei você no que você é, não sabe? A ilha foi apenas o início. Os que sobreviveram foram os dignos da Migração. Estavam prontos para serem levados para o mundo real. Mas vocês só sabiam sobreviver na selva. Como isso ajudaria na cidade grande? No metrô, nas ruas, sobrevivendo por conta própria? Você pode ainda não ter se lembrado, mas semanas antes de libertarmos vocês nas cidades, nós os treinamos, ensinamos tudo o que vocês sabem.

– Você não me transformou em nada – você diz. – Sou muito superior a você, a seu joguinho doentio.

A ponta do rifle ainda está encostada no peito dele, exatamente sobre o coração. Você deixa o dedo longe do gatilho. Tem medo do que pode fazer. *Ele fez isso, ele fez isso com você. Ele matou Rafe. Ele matou os outros. Ele já tirou sua vida.*

– Vá em frente – ele pede. – Sou capaz de aceitar que perdi.

– Vá em frente e faça o quê? Te mate? Para que nunca tenha que pagar pelo que fez? Para que possa morrer aqui, sozinho na floresta, como uma vítima?

– Pegue o seu prêmio.

– Meu prêmio é minha liberdade.

Você se afasta dele, mas o mantém na mira, certificando-se de que está longe o bastante para que ele não consiga agarrar o rifle.

– Levante – você ordena. – Você vai me tirar daqui.

Ele levanta. Você aponta com o rifle, indicando que ele siga em frente, porém ele não se mexe.

– Você ganhou. Atire.

– Não.

– Você sabe por que nós a escolhemos, não sabe? Você não era nada. Era descartável. Ninguém te queria.

Você não vai deixar que ele te desestabilize. *Não somos assassinos. Não somos como eles.*

– Todo esse tempo, você deve ter pensado que haveria um escândalo. Pais procurando, desesperados para encontrar seus filhos. Mas não, não houve nada. Isso sempre me surpreende. Há pessoas que podem desaparecer e é como... como se nunca tivessem significado nada pra ninguém. Como se nunca tivessem existido.

– Se eu não importasse, você não teria vindo atrás de mim. Não estaríamos aqui.

Você diz isso, mas está com a garganta apertada. Ele está forçando a barra. Quer que você perca o controle... *quer* que você o mate.

– É um jogo, Pássaro Negro. E eu prefiro morrer a perder.

Ele se vira para o penhasco e dispara na direção do céu limpo e sem nuvens. Está a três passos da beirada... dois. Ele vai pular.

Está quase conseguindo quando você abaixa o rifle e atira. A bala pega na parte de trás da panturrilha. Ele cambaleia e você atira novamente, dessa vez mirando na outra perna, bem abaixo do joelho.

Ele cai para a frente. Você vai até ele, ajoelha e deixa o rifle de lado. Passa a mão nas costas dele, depois na cintura, para se certificar de que não há outra arma escondida. Nenhuma arma. Nenhuma corda ou amarras.

Ele está usando calças cargo, com bolsos na frente, atrás e perto dos joelhos. Quando você encosta na lateral da perna, ele geme e tenta tirar sua mão. Você acha que deve ser o ferimento da bala, que ele não quer que você toque. Mas então você nota o contorno de algo achatado e quadrado. Um telefone celular.

Ele tenta impedir, mas está sangrando; mais forte, você consegue tirá-lo dele. O aparelho está ligado, mas no canto superior esquerdo há um ícone indicando que o telefone está sem serviço. Você o guarda no bolso.

Você rasga uma tira de tecido de cerca de sete centímetros da parte de baixo da calça, amarrando bem firme em volta dos ferimentos de ambas as pernas dele. Depois o vira de lado, cuidando dos cortes que fez com a lança.

Ele não vai poder se mexer e, com os ferimentos cobertos dessa forma, também não vai sangrar até a morte. Você não quer que isso aconteça. Quer que ele sofra.

CAPÍTULO QUARENTA E SEIS

As folhas estalando sob seus pés. O vento bagunçando seus cabelos. Tudo parece diferente agora, enquanto corre. Mais leve. Mais livre. O medo que te aprisionou por semanas se foi.

Você atravessou o rio e segue agora na direção sul; só restam mais algumas horas de luz do dia. Está passando entre as árvores quando a claridade atinge seus olhos, penetrando a densa cobertura de folhas e trazendo à tona uma lembrança da ilha.

Ela está atrás de você. Você a escuta correndo pela floresta. Rafe vai na frente, cortando os arbustos fechados com um facão comprido e enferrujado. Ele vira a cabeça para a esquerda, onde começa a descida da colina, porém o chão é liso demais para andar. Instintivamente, sabe o que ele pensa: "Vamos. Temos que deslizar até lá embaixo".

Você rapidamente começa a descer e uma bala passa raspando. Quando seu pé escorrega, você se curva para a frente, dando uma cambalhota; seu queixo encosta no peito. A sua camiseta se levanta e você rala as costas. Rafe te segue em um tombo desengonçado e frenético, colina abaixo.

Vocês caem com tudo ao pé da colina. Sua cicatriz se abriu. Seu pescoço está sangrando. Você ajuda Rafe a se levantar e segue para dentro da floresta. A praia fica em algum lugar mais adiante.

Consegue se lembrar do resto, mas não quer. As memórias

retornam: quando vocês alcançam o ponto onde as árvores acabam, com o oceano aberto à sua frente. A camiseta de Rafe pressionada contra seu pescoço. Mais tiros disparados lá de cima.

É como ele prometeu que seria: uma torrente de emoções e visões e sons. Não está tudo lá, mas algo foi libertado.

Você discute com seu irmão. Ele é mais novo, não tem mais que nove ou dez anos. A casa é apertada e escura. Há jornais e correspondências fechadas por todos os cantos. Quando fica nervoso, as sobrancelhas dele se juntam. Ele estende o braço, arrancando o controle remoto da sua mão. Joga o aparelho para o outro lado da sala, e ele se espatifa contra a quina da mesa de centro. Pedaços de plástico no carpete. Ao levantar os olhos, vê seu tio na porta, com os punhos cerrados. Seu irmão se levanta e corre.

E então vem a lembrança simples e tranquila de uma pulseira de flores desgastada sobre seu criado-mudo. Outra de um campo de futebol cercado de montanhas alaranjadas. A imagem de uma casa vitoriana em ruínas, em uma colina íngreme, o interior desmantelado até a fundação, uma enorme camada de lixo no chão. Duas pessoas dormindo em um colchão manchado.

Você corre e tudo volta, em fragmentos. A risada de sua mãe, como se ela estivesse bem ali, ao seu lado. Seu pai em um leito de hospital, de olhos abertos, cobertos por uma fina membrana cinzenta. A piscina de plástico com a lateral rasgada. O modo como perseguia seu irmão dentro dela, correndo para criar uma correnteza. Aquele sutil redemoinho no centro.

Está voltando. Tudo vai voltar. Você acelera, com os passos leves. Enquanto passa entre as árvores, a exaustão chega.

O telefone vibra no seu bolso. Um alerta.

Quando olha para ele, tudo parece diferente. Finalmente acabou. Terminou. Está dentro do alcance de uma torre. Há sinal, quando antes não havia.

EPÍLOGO

– Não quero fazer isso – Ben diz.

– Não temos escolha.

Você está parada perto do tribunal. Há câmeras de TV por toda a escada. Repórteres se acotovelam atrás de grades de metal, esperando que mais pessoas passem por ali. Celia enviou uma mensagem dizendo que Devon e Salto já estavam lá dentro. Hoje, os alvos remanescentes vão testemunhar diante do júri. Você já está imaginando como será o julgamento em si.

– Vai pra Fresno quando voltar? – ele pergunta.

– Vou tentar. Quero ver a vó dele... ela disse que o lugar onde Rafe está enterrado fica a dez minutos da casa. Só que preciso fazer umas coisas de família primeiro. Ver meu irmão, minha tia.

– Ele era um cara legal. – Ben não olha para você quando diz isso.

– Do que está falando? Vocês se odiavam. Por favor, não vem com essa besteira de fingir ser o melhor amigo de alguém só porque a pessoa morreu.

– Não estou fazendo isso, Lena.

Ben se encosta na parede. Vocês dois olham para a frente. Dois jovens que você não conhece começam a subir os degraus, seguidos por um policial. Você se pergunta se são os outros alvos que vieram de Los Angeles. Outros vieram de Chicago, um de Miami, mais um de Seattle.

– É só que... – Ben começa. – Ele estava com você na ilha. Ele te ajudou quando Cross foi atrás de você, quando te sequestrou.

– Ajudamos um ao outro. Éramos uma equipe.

– E eu gostava dele por esses motivos – Ben diz. – Sei que ele significava algo pra você.

Tudo. Parece que ele significava tudo. Ele está nos seus sonhos, em lembranças mais vívidas do que antes. Rafe se inclinando, deixando a água da cachoeira molhar o cabelo, as costas. Ele se vira, enxuga os olhos. Está em pé na sua frente. Sorrindo.

Isso faz você odiar ter que acordar.

– Eu só... – Ben começa. – Eu queria que fosse diferente.

– Eu também.

Você olha para o parque, o mesmo onde esteve apenas duas semanas atrás, quando esperava Cross aparecer. Nuvens cinzentas mancham o céu, derramando eventuais gotas de chuva. Um enxame de executivos passa correndo por você na calçada. Ninguém se importa em usar guarda-chuvas.

– E seu irmão? Como ele está?

– Está com a minha tia em Cabazon. Vai me pegar assim que eu chegar a Los Angeles. Depois que eu visitar a Izzy.

– E depois disso?

Você se vira, observando-o. O terno não lhe caiu bem, é formal demais. O cabelo está penteado para trás, os cachos brilhando com algum produto. Você sabe que provavelmente está tão estranha quanto ele. Celia comprou um vestido preto e sapatilhas para você ir ao tribunal. Mas não combinam muito bem com você.

– O que quer dizer, Ben?

– Quando vejo você de novo? Estava falando sério antes, Lena. Eu te amo.

– Por favor, não diga isso.

– Por quê? Odeio que esteja passando por isso... não quero que passe por isso sozinha.

Você poderia estar com ele, e poderia não estar. De qualquer forma, está sozinha. Mas é difícil explicar isso para ele. É difícil fazê-lo entender que só agora está reconstruindo sua vida. E essa vida, com todas as suas lembranças e erros, é complicada.

– Isso não parece mais certo.

Eu vou esperar.

– Preciso de espaço pra me recuperar, lembrar. Pra descobrir quem eu sou e quem eu era antes disso.

Isso faz com que ele pare. Ele se vira, olha para a esquina e vê a multidão fazendo uma fila nos degraus. *Flashes* disparam. Celia acabou de sair pela porta da frente. Ela olha ao redor, procurando por você na calçada.

– Acho que devemos ir – ele diz.

– Acho que sim.

Eles estão lendo o último nome. Você está sentada no quarto de Izzy, ouvindo. A cada três nomes, há um desconhecido ou uma desconhecida, restos mortais que encontraram na ilha mas que não puderam ser identificados. Centenas de alvos, de *pessoas,* que talvez nunca sejam encontradas.

– Entendo por que você não quis ir à cerimônia – diz Izzy.

– Só queria voltar pra cá. Ver você. Ver minha família.

– Ben foi?

– Ele achou que devia. Os repórteres vão ficar em cima dele. Já vi Devon no noticiário no caminho pra cá, um cara enfiou o microfone na cara dele.

Izzy se senta na cama. A parte do cabelo dela que foi raspada já cresceu um pouco, e ela está vestindo roupas que, obviamente, foram compradas pela avó. Mas, fora isso, ela está igual. Você consegue ver a marca das bandagens do lado direito, por baixo do tecido da camiseta dela. A ferida infeccionou nas últimas semanas. Ela ficou indo e vindo do hospital, e permaneceu em Los Angeles um mês além do que havia planejado.

Francesca DePalma, Misty Williams, Aaron Isaacs, Jane Doe, Chrissy Park...

A TV na cômoda de Izzy anuncia os nomes. Eles conseguiram que o prefeito de Nova York lesse todos eles. Ele faz uma pausa depois de cada um e levanta os olhos, como se os conhecesse pessoalmente.

Joy Frias, Paul Simmonds...

Você descobriu como o GAA começou. Quando as caçadas iniciaram, na ilha do caçador milionário Michael Thorpe, quinze anos atrás, foi como uma excursão padrão: um grupo de amigos indo para um lugar sem policiamento, onde ninguém se preocupava com espécies ameaçadas ou leis severas. Quando caçar os animais nativos se tornou previsível demais, começaram a contrabandear animais exóticos para a ilha. E quando isso deixou de ser emocionante, um dos mais dedicados membros originais das caçadas, Theodore Cross, levantou a ideia. No início, era apenas uma piada sussurrada – ao menos, era isso que ele dizia

– de que a coisa mais difícil de se matar seriam outros seres humanos. A ideia pegou.

Primeiro, foram atrás de moradores de rua, prostitutas... qualquer um que achassem que não faria falta para ninguém. Mas jovens que fugiram de casa eram os únicos que duravam. Caçadores iam embora e voltavam semanas depois para encontrá-los ainda ali.

Alguns caçadores tentaram parar com aquilo ou, pelo menos, alegaram ter tentado. Foi Cross quem traçou os limites. Se você era contra as caçadas, se era uma ameaça ao GAA, seria morto. Se mudasse de ideia, iam atrás de você. Se contasse a alguém, iam atrás de você.

Connor Rinsky, Albert Aguilar, Rafe Magnuson...

Você pega o controle remoto de cima da colcha e desliga a TV. Não terminaram de falar os nomes; entretanto, é difícil continuar ouvindo. O que te diferenciava deles? Por que sobreviveu e eles não? As pessoas falavam coisas de todo o tipo. *Você está viva por uma razão. Você sobreviveu por uma razão.* Qual seria essa *razão* a que as pessoas tanto se referiam? É claro, haveria julgamentos e acordos, e Cross nunca sairia da prisão. Mas os mortos continuavam mortos. A vida deles também tinha um significado.

Você ouve um carro parando do lado de fora. Vai até a janela e abre as cortinas, notando o Toyota branco enferrujado no meio-fio. Há um rapaz no banco do motorista. Ele confere o próprio reflexo no espelho do quebra-sol antes de descer.

– Sua carona, é? – Izzy sorri.

Ela segura sua mão e te puxa para dar um abraço. Você diz que vai manter contato, escrever, ligar para ela. E, dessa vez, fala sério.

Vai até a porta. Chris já está fora do carro. Ele fica parado na calçada. Tem dezesseis anos e está naquele estágio intermediário: magro, desajeitado, com um pomo de adão desproporcional no pescoço. Ele segura um buquê de margaridas.

– Minha carruagem está esperando? – Você ri, ainda que precise piscar para segurar o repentino fluxo de lágrimas. Chris olha para o asfalto. Ele não diz nada.

Você é que vai em frente e o abraça primeiro. Ele é pelo menos meio metro mais alto que você. Ao encostar a cabeça no peito dele, você consegue sentir sua respiração inconstante. Ele enxuga os olhos.

– Estou feliz que tenha voltado, Lena – ele diz. – Estou feliz... só estou feliz.

Ele te entrega as flores e se vira antes que você veja o rosto dele. Quando ele entra no carro, você se vira, só uma vez, para olhar para a rua, para além da casa de Izzy, além da casa de Ben. Um bando de pássaros saiu voando de uma árvore próxima. Eles se movem juntos, mergulhando em uma direção, e depois na direção oposta.

Rafe está ali, na areia, ajoelhado, abrindo uma fruta contra a pedra. A parte de dentro é de um cor-de-rosa intenso, lindo. Ele te dá metade.

– Tem certeza de que podemos comer isso?

– Não tenho mais certeza de nada.

– Acho que vou correr o risco.

Você a morde, o gosto azedo faz seus lábios se contraírem. Ele se senta ao seu lado e morde a outra metade.

– Lena – ele diz. Não para você, apenas para o vazio. – Lena Marcus.

– Sou eu.

– Estou começando a achar que você é a única coisa boa nesse lugar.

– Acabamos de nos conhecer.

– Eu sei.

Rafe come a metade dele, enchendo a boca e deixando o suco escorrer pelo queixo. Ele a fruta deixa de lado depois de ter comido só metade.

– Quero ir pra casa. – Apenas falar isso já deixa seus olhos úmidos. – Quero voltar.

– Não podemos. Temos que ficar juntos. Temos que continuar vivos – ele diz.

– Isso parece impossível.

Em algum lugar atrás de você, as folhas se mexem. Você se vira, esperando ver os caçadores. Quantos são dessa vez? Vocês estão presos na praia. Não têm saída.

Rafe também sente. Ele fica na sua frente, esperando por eles. Mas quando o som se aproxima, você vê o primeiro sinal dos pássaros, em voo rasante, abaixo do denso emaranhado de galhos. São centenas. Eles vão na direção do mar. Quando saem das sombras, suas asas se iluminam. Azul iridescente. Barrigas perfeitamente brancas.

Eles voam livres, sobre vocês, e o ar muda com a passagem deles. Então eles desaparecem, rapidamente, na direção do horizonte infinito.

Você ainda está segurando a porta do passageiro. Está olhando para as árvores, observando o último pássaro partir. O motor do carro está ligado.

– O que foi, Lena? Você está bem?

Você entra no carro. Fecha a porta, saboreando o momento: aquele dia na praia. Os pássaros. A lembrança favorita de Rafe.

– Nada – você diz quando o carro começa a andar. – Estou pronta.

AGRADECIMENTOS

Como sempre, um grande abraço e meus agradecimentos a todos na Alloy Entertainment. A Les Morgenstein e Josh Bank, pela fé e pelo apoio contínuos. A Sara Shandler, pelas importantes mudanças que melhoraram este livro, e todos os demais que escrevi. A Hayley Wagreich, por conversar sobre enredo e personagens, e por dedicar tanto amor e cuidado a todos os aspectos desta série. A Lanie Davis, pelas chamadas interurbanas. E a Joelle Hobeika, editora e amiga, pela meticulosa edição do texto, pelas notas sobre os personagens e pela confiança.

À ótima equipe da HarperCollins: Jen Klonsky, por ser totalmente incrível. A Emilia Rhodes e Alice Jerman, pelas ideias que ajudaram a deixar este livro mais afiado, página após página, linha após linha. Minha gratidão a todas as brilhantes mulheres que promovem meus livros, mas especialmente a: Gina Rizzo, Kristin Marang, Heather David, Margot Wood, Aubry Parks-Fried e Christina Colangelo. A Heather Schroder, agente e amiga, por seu bom trabalho e pela orientação.

Sou grata a todos os meus amigos, em tantas cidades, por suas palavras tão gentis sobre essa série, e por me doarem seu otimismo sempre que precisei. Estou em dívida, especialmente, com os poucos que leram os esboços deste manuscrito, às vezes em um prazo de 24 horas. Abraços e muita gratidão a Aaron Kandell e Connie Hsiao, pela perspectiva como leitores. Como sempre, agradeço à minha família em Baltimore e em Nova York, por ler cada livro meu e me animar. Infinitos agradecimentos ao meu irmão, Kevin, e aos meus pais, Tom e Elaine, por seu amor e apoio.

Outros grandes sucessos da V&R Editoras:

Asylum
Madeleine Roux

Sonâmbulos
J. R. Johansson

Na ponta dos pés
Brandy Colbert

Doutrina da morte
James Dashner

Perdão Mortal
Robin LaFevers

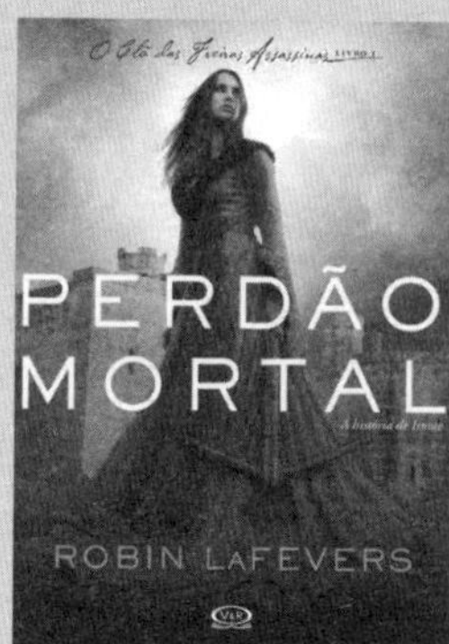